KB248113

심훈-불꽃과 상록수

서연비람은 조선 시대 왕궁 내, 강론의 자리였던 서연(書筵)에서 강관(講官)이 왕세자에게 가르치던 경전의 요지를 수집하여 기록한 책(비람備覽)을 말합니다. 서연비람 출판사는 민주주의 국가의 주인인 시민들 역시 지속 가능한 과거와 현재, 미래의 이치를 깨우치고 체현해야 한다는 믿음으로 엄선한 도서를 발간합니다.

역사와 문학 비람북스 인물 시리즈

심훈-불꽃과 상록수

초판 1쇄 2025년 10월 15일
지은이 백영
편집주간 김종성
편집장 이상기
펴낸이 윤진성
펴낸곳 서연비람
등록 2016년 6월 29일 제2016-000147호
주소 서울시 강남구 남부순환로 2909, 2층 201-2호
전자주소 birambooks@daum.net

ⓒ 백영 2025, Printed in Korea.

ISBN 979-11-891871-87-2 43810

값 12,800원

역사와 문학

비람북스 인물시리즈

불꽃과 상록수

심훈

백영 장편소설

서연비람

차례

머리말

아산만을 한 등성이 너머에 두고 국도 옆길로 방향을 틀어 자동차 한 대가 겨우 다닐 만큼의 길을 따라가자 농로 어귀에서 '필경사'라고 쓰인 안내판이 나타났다. 논둑길을 사이에 두고 70여 호의 농가들이 듬성듬성 자리한 당진의 한 마을을 내가 찾은 것은 90년대 어느 날이니 꽤 오래전 일이다.

그보다 더 오래전에 심훈이 그 마을에 온 것은 1930년대로 그의 나이 서른두 살이 되던 해였다. 심훈은 평생 도시를 벗어나 살아본 적이 없는 뼛속까지 도시인이었다. 그는 그때 왜 당진행을 선택했을까. '도회의 유혹과 소위 문화 지대를 벗어나 다시금 일개의 문학청년으로 돌아가(「필경사 잡기」)'기 위해서였다. '필경(筆耕)'이란 택호는 심훈이 1930년 7월에 쓴 작품에서 유래한 것으로 마음을 붓으로 논밭을 일구듯이 표현하고자 하는 의지에서 붙인 것이다. 그 후 당진 필경사는 심훈 문학의 산실이 되었다. 심훈의 대표작은 모두 그곳에서 쓰였다.

그날 돌아오는 길에 천안역에 이르렀을 때였다. '○○농민회' 플래카드를 붙인 트럭 앞에 모인 일군의 청년들과 맞닥뜨렸다. 그들은 농촌 봉사 활동을 마친 서울의 대학생들인데 귀경 직전에 농활 보고대회를 역 광장에서 열고 있었다. 햇볕에 탄 구릿빛 피부의 젊은 청년들 모습에서 나는 자연스럽게 『상록수』의 두 주인공 동혁과 영신을 떠올리지 않을 수 없었다. "연애를 하는데 소모되는 정력이나 결혼 생활을 하느라고 또는 개인의 향락을 위해서 허비되는 시간을 온통 농촌 계몽 사업에만 바치고 싶다"고 외치던 30년대 나로드니키들의 초상이 겹쳐 떠오르는 순간이었다. 해외로 배낭여행을 떠나거나 어학연수를 가거나 다양한 스펙을 쌓는 흐름이 주조인 요즘 대학생들에게는 낯설게 느껴질 수 있겠다.

올해 여름에는 꿈속에서 필경사를 찾았다. 어느 한 밤에 꿈길의 농로 끝에서 다시 만난 마을 한가운데 교회당이 여전히 있었고 필경사도 그 자리에 그대로였으나 어인 까닭인지 뒷동산의 나무들이 불타고 있었다. 어쩌면 불꽃이었다. 불꽃이라고 해두자. 그 밤의 불타는 나무와 함께 나 또한 불꽃이 되었으므로. 불꽃 극장 무대 위로 불꽃은 천지 사방으로 날아다니고 어둠 속에 폭죽을 터뜨렸다. 그 밤에 망국의 청년들이 불꽃과 함께 찾아왔다.

　이 소설은 그날 이후, '환생한' 심훈과 망국의 청년들이
들려준 이야기이다.

2025년 5월 1일

백영

1장 망국의 청년

국경을 넘어가는 열차

첫 겨울 추위가 몰려와 유리창에 성에가 낀 아침, 대섭은 집을 떠나 열차에 올랐다.

덜컹, 소리에 이어 종 흔드는 소리가 나고 넓은 플랫폼에 울리는 나막신 소리와 함께 "사요나라", "고끼겐요우" 소리가 소란스레 들리고 차가 슬슬 움직이기 시작하는 찰나에 창밖의 소리를 들었다.

"만세! 만세! 만세!"

그는 갑작스러운 만세 소리에 깜짝 놀라 창밖으로 고개를 내밀었다. 승강장 한쪽에 우르르 몰려선 무리가 보였다. 모두 학생모에 두루마기 차림의 학생들이었다. 유학 떠나는 친구를 환송하러 온 일행인 듯했다. 만세운동 이후에는 어느 자리에서나 저렇게 만세삼창하는 것이 유행이 되어 있었다. 만세 소리가 그의 마음에 한 파문을 만들어냈다. 그는 한참을 마음 먹먹해진 채 앉아 있었다.

맞은 편에는 쪽지고 비녀를 꽂은 어머니뻘 나이의 흰옷 입은 아낙과 앞머리를 풍성하게 부풀린 서양식 트레머리에

짧은 통치마를 입고 양말에 구두까지 단정히 신은 여학생
이 나란히 앉았다. 여자들은 어머니와 아내를 떠올리게 했
다. 도착하면 편지부터 하렴. 어머니 윤씨는 어젯밤 그 말
을 여러 번 하였다. 어머니 곁에서 고개를 수그리고 입술
달싹일 뿐인 아내는 원망의 눈물이 가득 차올라 있었다. 함
께 지낸 시간보다 떨어져 지낸 시간이 더 많은 아내의 얼굴
을 떠올리며 그는 서글픈 마음이 들었다.

열차는 농사지을 땅을 찾아 간도로 이주하는 농민들, 한
밑천 잡아서 금의환향[1]할 꿈을 갖고 떠나는 장사치들과 밀
행자들을 태우고 북쪽으로 북쪽으로 빠르게 달렸다. 시간
이 흐르면서 사방에서 팔도 사투리가 뒤섞였다. 열차 안은
야시장처럼 소란스러워졌다. 그는 애써 눈을 감고 잠을 청
해보려 했지만 주변에서 끊임없이 들려오는 소리에 곧 깨
고 말았다.

"어디까지 가우?"

"평양이요. 어제 어머니가 아프시다고 전통문이 와서요.
집 가는 길이에요."

---

1 금의환향(錦衣還鄕): 출세하여 고향에 돌아온다는 뜻.

"학교 다니는 데 불러들이는 걸 보면 어머니가 많이 편찮으신가보우."

여자들의 목소리 뒤로 거렁거렁한 사내들의 목소리가 뒷자리에서 넘어왔다.

"난 만세만 부르면 왜놈이 금세 쫓겨날 줄 알았디오. 독립은 벌써 되었다 싶었다구래."

"그러기에 말요. 나도 그땐 이제 독립이다 싶었다구래."

"그때 삼월 여드렛날인가. 일본 헌병 분견소에까지 몰려갔다구래."

"그래, 어찌 됐소?"

"이제 조선이 독립되었으니 빨리 물러가라고 했디요. 그때 다 죽을 뻔했수다레. 마을 사람들이 우르르 몰려갔는데 헌병 놈들이 총을 쏘아서 열이나 그 앞에서 죽고 나머지는 다 잡혀갔소다구래. 나는 죽디는 않았시오. 수원 어딘가는 사람들을 교회에 몰아넣고 불을 질렀다구래. 거기 있었으면 나도 영락없는 불쏘시개가 되었구래."

"우린 집안 식구들 모두 뛰쳐나가 만세 불렀다구래. 그르누래는데 탕탕 총소리가 나더니 앞에 있는 첫째가 꼬꾸라딥데가레. 그래 그리로 가는데…… 옆에 있던 둘째 놈도

꼬꾸라딥디다. 나는 완전히 혼이 나갔디요. 마누라가 안 보여서 찾았더니….”

“마누라는 어찌 찾았소?”

“아니, 난 바로 잡혀 갔소구레. 마누라도 그 자리에서 산지 죽었는지 모르고 있다가 감옥에 아무도 오지 않아 그때야 죽은 걸 알았다구레. 이제 난 혼자요. 간도로 갈꾸다래.”

덜컥, 열차가 갑자기 멈췄고 동시에 뒷자리의 대화도 끊겼다. 열차를 탄 사람들은 무슨 일인가 싶어 자리에서 일어나서 두리번거렸다.

이윽고 정사복을 입은 형사들, 육혈포2를 걸어 맨 헌병들이 차가 멈추자마자 객차의 마디마디로 기어올랐다. 열차 안은 순식간에 아수라장으로 변했다.

“이 안에 든 게 뭐냐?”

형사는 통로에 놓인 궤짝을 발로 걷어찼다. 궤짝이 뒤집혀서 놋수저와 빗, 옷 꾸러미가 밖으로 쏟아져나왔다. 그들은 보이는 대로 짐을 발길로 걷어차고 굴리고 엎어놓고 제쳐놓았다. 형사들이 고함치는 소리가 사방에서 들려왔다.

---

2 육혈포(六穴砲): 6개의 구멍을 가진 총.

통로 저편에서 형사에게 귀퉁이를 쥐어박힌 바지저고리가 쩔쩔매며 서 있는 모습이 보였다. 그 옆에서는 여인네가 부들부들 떨고 서 있었다. 그는 황급히 곁에 벗어놓은 모자를 집어서 깊숙이 눌러썼다.

이윽고 형사는 그가 앉은 자리로 다가왔다. 아낙과 여학생을 훑고 창가 자리에 앉은 그를 매의 눈으로 바라보았다. 아래위로 청색 치파오를 입은 차림새에 둥근 테 로이드안경을 쓰고 중절모로 얼굴을 반이나 가린 그를 중국인으로 여겼는지 이내 눈길을 거두고 다른 칸으로 넘어갔다. 나름 변복을 했다지만 기민한 그들의 눈초리에 재수 없이 걸려들까 싶었던 그는 등줄기로 식은땀이 흘렀다. 그때 창밖에서 호루라기 소리가 났다. 그 소리가 철수 신호인 듯 형사들이 서둘러 열차에서 내려갔다. 그는 비로소 안도의 숨을 내쉬었다. 차창을 내다보니 어느새 창밖은 어두워졌다.

기차는 다시 달렸다. 이윽고 산이 많은 고개 근방을 지나고 있었다. 기관차 굴뚝에서 나오는 불빛에 어둠 속에 웅크린 인가 몇이 희미한 형체를 드러내었다가 이내 사라지고 문득 흘러가는 시내가 얼핏 보였다가 곧 어둠 속에 묻혔다. 그는 내내 차창에 눈길을 준 채 천지가 온통 깜깜해지는 것을 지켜보았다. 점점 빛을 잃어가며 어둠에 묻혀가는 산천은 차를 타고 가는 자신들의 모습과 다를 것이 없었다. 그는 차창에서 눈을 떼고 차실 안을 둘러보았다.

앞에 앉았던 아낙과 여학생은 어느새 내리고 그 자리엔 흙물 묻은 옷을 입고 수건을 말아서 머리를 동여맨 소년이 추운 듯이 허리를 구부리고 가로누워 있었다. 그는 찬 바람이 들어오지 않게 차창을 닫고 가방에서 수건을 꺼내어 소년의 곁으로 다가갔다. 소년의 목과 귀밑에 오래 묵은 검은 때, 빗지 않아 뭉친 머리카락이 보였다. 산이 많은 북쪽 지방에는 탄광이 많았다. 혹시 탄광으로 가는 것일까, 그는 수건으로 추위에 덜덜 떠는 소년을 덮어주고 제 자리로 돌아와 눈을 감았다. 하루를 달려온 차는 피곤함과 힘겨움으로 가라앉아 있고 차실 안의 사람들은 다 깊이 잠이 들었다.

그는 신의주역에서 내려 남만주행 열차로 갈아탔다.

강은 막 새벽잠에서 깨어나는 중이었다. 강 위로 잦은 안개가 뿌옇게 흩어지면서 연안을 따라 촘촘한 목선의 돛대와 기다랗게 하품하듯이 연기를 피워올리는 굴뚝들의 형체가 드러났다.

"강이다!"

차실의 사람들이 일제히 창밖으로 얼굴을 내밀었다. 새벽 강바람이 세차게 밀려들었다.

압록강이었다.

이 강을 건너면 만주 땅이었다.

서서히 안개가 걷히면서 강 연안의 풍경이 선명히 드러나기 시작했다. 그는 강 상류 쪽에서 벌목해서 띄워 보낸 뗏목들이 하류 쪽으로 흘러내리는 장관을 홀린 듯 바라보았다. 이제 그의 마음은 폭풍에 물결치는 바다로 막 나선 배처럼 출렁거리기 시작했다.

철교로 진입한 열차는 빠르게 달렸다. 이제 국경을 넘어가고 있었다. 그는 순식간에 멀어지는 고국산천을 뒤돌아보았다. 검은돌3이 떠올랐다. 집과 가족 생각에 그의 눈시울이 서서히 붉어졌다.

그는 곁에 놓인 가방을 내려다보았다. 커다란 가방 속에는 담요가 둥그렇게 말려 들어가 있고 담요 틈에는 뭇사람들이 해일처럼 일어나고 무더기를 이룬 순간의 우레와 소나기와 그 후 일 년을 담은 비망록이 깊숙이 숨겨져 있었

----

3 검은돌: 현재의 서울시 흑석동.

다. 그것은 열정과 고통과 한숨과 빛과 어둠을 품고 그와 함께 압록강을 건너가고 있었다.

압록강 철교를 넘어간 대륙의 기차는 쉬지 않고 달렸다. 통로를 지나는 사람들의 옷자락이 펄럭일 때 조선 땅에서 맡아보지 못한 냄새가 풍겼다. 독특한 냄새였다. 중국인 특유의 체취일 수도 있었다. 그 냄새와 함께 종일 귓전을 울리는 기차 바퀴 소리는 이명처럼 귓전에서 윙윙거렸다. 밤에 누우면 강물 소리와 함께 차바퀴가 소리가 아련히 들려오곤 했다. 덜컹덜컹 덜컹.

대섭이 다닌 학교는 안동별궁 돌담길을 지나쳐 북편으로 난 언덕의 오르막 끝에 있었다.

그날 일찌감치 집을 나선 그는 빠른 걸음으로 교정 안으로 들어섰다. 교정의 나무들은 아직 앙상했다. 한 오라기 삭풍이 불어와 그의 달궈진 볼을 스쳐 지나갔다. 운동장을 가로지르며 걷다가 그는 친구들과 뛰놀던 운동장을 바라보았다.

1900년에 중학교로 개교한 학교는 조선이 일본의 식민지가 된 후 고등보통학교로 바뀌었다. 4월에 시작되고 이듬해 3월 31일에 종결되는 학제에 따라서 몇 주 후에는 졸업식이 치러질 예정이었다.

천황의 통치 시대는 천년만년 이어지리라. 모래가 큰 바위가 되고, 그 바위에 이끼가 낄 때까지…….

이제 졸업식에서는 모두 기립해서 기미가요를 불러야 했다. 기미가요를 부른 후에는 교장이 천황의 명으로 지어진 교육칙어를 낭독했다. 그는 미열이 느껴져 이마에 손을 가져다 대었다. 목과 뺨에도 열기가 느껴졌다. 심호흡을 크게 한 후 교실로 향했다. 그의 가방 안에는 등사판을 밀어 만든 한 면짜리 유인물이 숨겨져 있었다.

1교시가 끝난 후 학생들은 모두 운동장으로 모이라는 교장의 지시가 내려왔다. 교실 문을 열고 밖으로 나가며 그는 친구들과 눈빛을 주고받았다.

운동장 가득 까만 교모와 두루마기 차림의 학생들이 웅성거렸다.

"열중쉬엇."

"차렷."

옆구리에 칼을 찬 교사들이 학생들을 통제했다. 이윽고 오까모도 교장이 단상에 올랐다. 교사들이 교장 뒤를 따라가 병풍처럼 뒤에 늘어섰다. 그들은 모두 칼을 차고 제복을 입었다. 군인과 경찰뿐만 아니라 일반 관리와 학교 교원들까지 제복을 입고 칼을 차도록 한 것은 현역 육군 대장이자 초대 조선 총독인 데라우치 마사타케가 지난 십 년간 시행한 무단통치의 방식이었다.

단상에 오른 교장이 학생들을 내려다보았다. 그의 눈은 매서웠다.

"우리 신민4이 지극한 충과 효로써 억조창생5의 마음을 하나로 만들어 대대손손6 그 아름다움을 다하게 하는 것이 우리 국체7의 정화인바, 교육의 연원 또한 여기에 있다. 명치 천황은 그런 깊은 뜻이 있어서 한국을 합병하신 것이다.”

교장이 교육칙어를 읊는 목소리는 칼날처럼 차갑게 귓전을 파고들곤 했다. 그는 조선 동포를 이끌어서 천황의 백성을 만들겠다는 사명감으로 가득한 인물이었다. 학교는 오로지 천황제 사상을 주입하고 일본 제국에 충실한 신민으로서의 소양과 기술을 가르치는데 충실했다. 조선을 일본에 동화8시키는 것. 학교 교육의 목적은 궁극적으로 동화였다.

나라를 빼앗겨도 명의상 속국일 뿐 우리가 전적으로 자치를 하는 것이라고 여긴 사람들도 있었다. 그것은 얼마나 순진한 착각이었는가, 그의 눈썹이 파르르 떨렸다. 합병의 진짜 뜻을 깨닫기까지는 십 년의 시간이 걸렸다.

---

4 신민(臣民): 군주국에서 백성과 관리를 아울러 이르는 말.
5 억조창생(億兆蒼生): 셀 수 없이 많은 수의 세상 모든 사람.
6 대대손손(代代孫孫): 거듭된 여러 대의 후손.
7 국체(國體): 국가의 형태.
8 동화(同化): 서로 다른 것이 같게 됨.

오늘이야말로 목 놓아 크게 울 날이라고 장지연이 일본과의 기만 조약을 규탄하며 통곡한 그날은 시작에 불과했다. 러시아 건축가 사바틴이 설계한 중명전에서 체결된 을사늑약은 조약의 위임, 조인, 비준 과정조차 제대로 거친 것이 아니었다. 잘못된 조약을 파기해야 한다는 상소를 올렸던 왕의 측근은 모든 사태를 죽음으로써 사죄한다는 유서를 남기고 자결했다.

구한말에 이르러 왕이 원구단에서 대한제국을 선포한 것은 새로운 국가로 거듭나기 위한 선택이었을 것이다. 과거 고려왕조가 몰락하고 조선왕조가 개국했던 때와는 달리 대한제국은 조선에서 그대로 이어졌다. 그러나 러일전쟁이 일본의 승리로 돌아간 후 대한제국은 외교권과 경찰권을 차례로 강탈당했다. 일본은 군사경찰 훈령을 만들어 치안권을 빼앗고 한 달 후에는 한일외국인고문용빙에 관한 협정서9로 재정권을 빼앗았다. 다음 해에는 외교권을 빼앗았다. 몇 년 후 이완용과 통감 데라우치가 한일병합조약에 관한 건을 체결해 도장을 찍으려 하는 상황에서 순정의 비 순

---

9 용빙(傭聘): '고용하여 초빙함'이라는 뜻이다. 이 협정서는 다른 명칭으로 '제1차 한일협약'이라고도 불린다.

정효황후가 옥새를 자신의 치마에 숨겼다는 소문이 돌았다. 윤덕영이 기어코 옥새를 빼앗아 도장을 찍었다던가. 그것이 사실이든 아니든 나라는 한순간에 사라졌다. 그때 그는 열 살이었다.

교장의 뒤에서 늘 한 모양으로 머리를 왼편으로 가른 수학 선생이 눈에 들어오자 그의 양 눈썹이 갈매기처럼 곤두섰다. 그는 일 년 전 수학 선생에 맞서 시험에 백지 답안지를 내었다. 그는 고분고분한 학생이 아니었다. 그는 저도 모르게 주먹을 불끈 쥐었다. 오까모도 교장의 굵은 목소리가 들려왔다.

"제군들. 인산10을 앞두고 지금 많은 사람이 서울에 몰려올 것이 예상된다. 이런 때일수록 질서 유지가 필요한 법이다. 이 중요한 시기에 제군들은 절대로 혼란을 일으켜서는 안 된다. 여러분의 행동은 단순한 개인의 문제가 아니라, 우리 모두의 명예와 미래에 직결되기 때문이다. 여러분의 단합된 모습을 보여주길 바란다. 여러분이 보여주는 태도와 행동은 조선의 미래를 위해서도 매우 중요하다. 제군들

---

10 인산(因山): 왕의 장례식.

은 절대 경거망동을 하지 말아야 한다.”

그는 교장의 말을 건성으로 들었다. 마음은 온통 교문 쪽에 가 있었다. 그는 손을 마주 비비며 뒤를 돌아보았다. 지금 이 순간 교문 쪽에는 아무도 없었다. 몇 초가 몇 시간처럼 느껴지는 찰나였다.

“짝.”

“짝.”

손뼉을 크게 마주치는 소리가 허공을 울렸다.

그는 뒤돌아서기 전에 먼저 단상을 쳐다보았다. 오까모도 교장의 당황하는 얼굴과 교장 뒤에서 교사들이 동요하는 모습이 화면을 길게 늘어뜨린 것처럼 기울어 보였다.

“뭐야? 뭐야?”

당황한 선생들이 허둥지둥 달려 내려오는 순간은 찰나지만 갑자기 시간이 느리게 흘렀다. 이윽고 귓전으로 소나기처럼 밀려드는 함성이 있었다.

“나가자!”

그 순간을 기다렸다는 듯이 학생들은 교장과 선생들을 등지고 돌아섰다. 그들은 곧장 달리기 시작했다. 바람 탄 호랑이 같은 기세였다. 놀란 교사들은 교문 쪽으로 달려 나가 학생들을 막아보려 했지만 둑이 터진 듯 쏟아져 나가는 학생들의 기세를 막을 수 없었다.

그날, 3월 1일은 여느 날과 다른 날이었다. 어제와 다르고 과거의 어느 날과도 다른 날이었다.

종로 3가의 작은 공원에 사람들이 모여들기 시작했다. 오후 두 시에 가까워지자 탑골 공원의 중앙에 있는 팔각정 주위로 학생들과 시민들이 밀집했다.

원래 이곳에 오기로 한 민족 대표 33인은 같은 시각에 태화관에 모여 있었다. 그로 인해 예정된 독립선언식은 처음 계획과 다르게 민족 대표 대신 학생들이 주체가 되어 진행하고 학생 대표가 선언서를 낭독하는 것으로 변경되었다.

학생 대표가 팔각정 계단에 올랐다. 역사적 순간을 앞두고 공원은 팽팽한 긴장감 속에서도 설렘이 파동처럼 번져갔다. 많은 사람들 앞에 처음 선 학생 대표는 얼굴이 붉어지고 손이 떨렸다. 긴 선언서가 두루마기처럼 그의 손안에서 펼쳐졌다. 그는 떨리는 음성으로 첫 문장을 읽었다.

"오늘 우리는 우리 조선이 독립국임과 조선인이 자주민임을 선언한다!"

지난 십 년간 억눌린 민족의 자존심이 깨어나는 시간이었다. 계단 바로 앞에 서 있던 그는 전율을 느꼈다.

"수천 년의 역사를 간직한 이 땅, 우리 조선의 주인은 바로 우리 민족임을 선언한다!"

그 순간 공원의 공기는 변했다.

"새로운 세계가 눈앞에 펼쳐졌다. 위력의 시대는 가고 도의의 시대가 왔다. 지난 한 세기 동안 갈고닦아 길러진 인도주의적 정신이 이제 막 밝아오는 빛을 인류의 역사에 쏘아 비추기 시작했다.

……우리의 본디부터 지녀온 자유권을 온전히 지켜 왕성한 번영의 삶을 즐겨 마음껏 누릴 것이며 우리의 풍부한 독창력을 발휘하여 새봄이 가득 차 평화가 넘치는 온 세계에 우리 민족의 빛나는 문화를 맺게 할 것이다."

자유권. 독창력. 평화. 그것은 얼마나 빛나는 말들인가? 하늘에서 구름 사이로 쨍하고 금빛 햇살이 쏟아지는 순간이었다. 그는 하늘을 올려다보았다. 3월의 해가 공원에 모인 사람들을 골고루 비추고 있었다.

"오늘 우리의 독립선언은 정의, 인도, 생존, 존영을 위한 민족의 요구이나, 오직 자유로운 정신을 드날릴 것이요, 결코 배타적 감정으로 함부로 행동하지 말라.

마지막 한 사람까지, 마지막 한순간까지, 민족의 정당한 뜻을 마음껏 드러내라.

모든 행동은 질서를 존중하여 우리의 주장과 태도를 떳떳하고 정당하게 하라."

공약 삼장 낭독을 마칠 때까지 정적이 흐르던 공원은 이윽고 만세 소리와 함께 깨어났다. 함성이 터져 나왔다.

만세! 만세! 만세!

공원에 모인 사람들은 하나의 거대한 심장이 되었다. 모두 손수건을 펄럭이고 머리에 쓴 모자를 일제히 벗어 던졌다.

'이제 이 교복과 모자는 필요 없어.'

그도 4년 동안 쓰고 다닌 교모를 벗어 허공으로 멀리 날렸다.

시위대는 공원을 출발했다. 거리의 상가는 모두 철시했다. 거리는 쏟아져 나온 시위군중으로 출렁였다. 군중들 머리 위로 독립선언서를 인쇄한 종이가 뿌려졌다. 군중의 규모는 갈수록 커졌다. 거리 중간중간에서 연설과 환호가 이어졌다. 거리는 거대한 용광로로 변해갔다.

"여보 학생, 말 좀 물읍시다?"

길바닥에 떨어진 선언서 종이를 집어 들고 들여다보던 흰 갓을 쓴 두루마기 차림의 노인이 잔뜩 겁먹은 얼굴로 물었다.

"이게 대체 무슨 일이오?"

"우리 조선은 이제 독립했습니다."

그의 대답은 간결했다.

"독립이라니?"

노인은 눈이 휘둥그레져서 물었다.

"조선은 오늘로 독립하였습니다. 우리는 이제 자유민입니다."

노인은 큰 충격을 받은 듯이 그 자리에서 얼어붙었다. 이내 눈이 글썽글썽해졌다.

"아아. 그걸 이제 알았구료."

두 팔을 번쩍 들어 올렸다.

동대문 방향, 서대문 방향, 남대문 방향, 세 갈래로 시위대가 나뉘고 학생들은 남대문 쪽으로 빠졌다. 그는 남대문에서 서소문으로 향하는 무리에 합류했다. 그들이 서소문 근처에 다다랐을 때 언덕을 내려오는 여학생들이 보였다. 이윽고 남학생들과 여학생들은 한 무리를 이루었다. 달리다가 여학생들이 넘어지면 남학생이 일으키고 부축하며 함께 달렸다. 모두 쉼 없이 만세를 목청껏 외쳤다.

그날부터 며칠 동안 일어난 일은 그에게 단 하루의 일처럼 떠오르곤 했다.

보신각 앞에 구름떼처럼 몰려드는 군중들과 만세 소리, 왕의 장례식을 치른 날에는 바퀴 달린 받침 위에 대나무로 만든 죽안마가 올라탔는데 수레를 다섯 명의 수레꾼이 끌고 가던 것과 수레 앞에서 흰옷 입은 백성이 엎드려 대성통곡하던 거며, 장례 행렬이 대한문을 나서 동대문, 청량리, 망우리를 거쳐 남양주 금곡까지 이르렀던 거며, 밤이 되자 횃불이 켜진 거며, 곳곳에 나붙은 격문이며 땅바닥에 뿌려진 지하 독립신문이며 '3월 5일 오전 8시 30분까지 남대문역 앞으로 모일 것' 밤에 탄산지와 철필로 통고문을 작성하던 순간들이 모두 한 덩어리로 떠올랐다.

3월 5일에는 8시 30분 시간에 맞춰 남대문역 앞으로 나갔다. 학생들이 점점 모여들었다. 나팔 소리에 맞춰 순식간에 학생들은 대열을 이루었다. 남대문역 앞 시위에서는 태극기 외 붉은 천 등 여러 종류의 깃발이 동원되었다. 첫날의 독립선언식이 천도교계, 기독교계와 서울 시내 학생, 최소 세 개의 조직에서 각기 독자적으로 준비했던 독립선언 내지 청원이 합쳐진 사건이었다면 그날의 시위는 독립선언이 일회적 사건으로 끝나지 않았음을 널리 알린 날이었다.

인력거에 올라탄 학생 대표가 큰 태극기를 높이 들고 대열을 지휘하고 있었다.

달려가는 수레 위에서 태극기가 펄럭였다. 사람들은 스스로 만든 깃발을 각자 들고 거리로 나와 만세를 불렀다.

그날도 시위대는 남대문을 지나 대한문 앞까지 순식간에 이르렀다.

그때 경찰이 칼을 휘두르며 달려왔다. 시위대는 흩어지지 않았다. 경찰이 발포를 시작했다.

헌병대가 그를 가로막았다. 그는 그 길로 경무 총감부 헌병분견대로 압송되었다.

판사가 그를 심문했다.

"피고는 주소지를 말하라."

"경기도 시흥군 신북면 노량진리 검은돌집이다."

"피고가 독립을 희망하는 이유는 무엇인가?"

"모든 민족은 다른 민족의 간섭을 받지 않고 독립적으로 정치를 수행할 권리가 있다. 따라서 조선은 일본으로부터 독립해야 한다. 일본의 조선 통치에는 다음과 같은 문제들이 있다. 첫째, 일본은 조선에서 무단정치를 시행하여 문관까지 칼을 차게 하고 있다. 이는 조선인을 적대시하는 행위이다.

둘째, 일본은 동양척식회사 등을 설립하여 영국이 동인
도회사를 통해 통치했던 것과 같은 방식으로 식민지 수탈
정책을 시행하고 있다.

셋째, 불완전한 교육 제도로 인해 조선인들은 생존경쟁
에 뒤처지게 되었고, 결과적으로 일본인에게 종속되는 상
황에 놓이게 되었다.

이러한 현실에 대해 불만을 가지는 것은 당연하며, 바로
이런 이유로 독립을 희망하는 것이다.”

그 말을 듣고 판사가 되물었다.

“이런 식으로 독립선언을 하고 만세를 부르며 다니면 독
립이 되는 것으로 생각했는가?”

“물론 만세를 부르는 것만으로 독립이 되는 것은 아니다.
이렇게 독립사상을 고취해 놓으면 언젠가는 독립을 이루게
될 것이다.”

“풀어주면 또 운동할 셈인가?”

그때 그는 두려움이 없었다. 등을 꼿꼿이 세우고 눈을 반
짝였다.

“당연히 또 할 것이다!”

판사는 그의 말에 발끈 화를 냈다.

“저리로 가 서!”

판사의 손가락이 가리키는 지점에 같은 또래의 학생들이
법정 한쪽에 줄을 지어 서 있었다.

쇠고랑을 차고 용수[11]를 썼을망정 당당했다. 그의 눈에
커다란 형무소 문은 마치 개선문처럼 보였다. 그는 개선장
군처럼 어깨를 거들먹거리며 씩씩하게 옥문 안으로 걸어
들어갔다.

그의 옷깃에는 길이 약 10센티미터, 너비 약 3센티미터
의 번호찰이 붙여졌다. 긴 타원형 아연판에 검은색 2007,
숫자가 선명했다. 번호찰이 붙여지는 동시에 그는 대섭, 자
신의 이름을 잃었다. 그때부터는 오로지 수감 번호로만 불
리었다.

6개의 커다란 망루가 세워진 담장 안쪽에 부채꼴 모양으
로 사동이 배치되어 있었다. 간수가 그를 끌고 기다란 복도
한가운데를 걸어갔다. 철창이 달린 문마다 아래쪽에 작은
식구통을 내고 바깥벽에 안쪽을 감시할 수 있게 시찰구를
만든 똑같은 방들이 양쪽으로 늘어서 있었다. 간수는 그중
에 28호라고 문패가 붙은 철창문 안으로 그를 밀어 넣었

---

11 용수: 얼굴을 가리기 위해 갈댓잎으로 만든 고깔 모양의 도구.

다. 그의 보폭으로 안쪽에서 다섯 걸음만 성큼성큼 앞으로 걸으면 곧 외벽에 닿을 정도로 작디작은 감방이었다.

인왕산에서 풀려나온 자줏빛 어둠이 큰집을 에워싸고 있었다.

사동에서는 취침 점호를 앞두고 있었다. 그때, 어둠 속을 가로지르는 날카로운 외마디 소리가 있었다.

"사람을 죽도록 패고 이제 아예 굶겨 죽일 작정이냐?"

옥사로 들어가는 대문 왼편으로 여사동이 있고 대각선 방향으로 오십여 미터 거리를 두고 그가 있는 사동이 있었다. 소리는 여사동 쪽에서 넘어온 것이 틀림없었다. 그 목소리가 정적을 깨웠다. 불꽃이 사방으로 옮겨붙었다. 심장은 파란 불꽃을 일으켰다가 붉은빛으로 활활 타올랐다.

다들 함께 맞섰다. 철문을 요란하게 두드렸다. 발 구르는 소리, 칼춤 소리도 함께 요란했다. 감시자들이 달려와 시위자들을 마구잡이로 끌어냈다.

시위는 계속되고 있었다. 정원이 5백 명인 옥사에 3월 이후 삼천 명이 넘게 밀려들었다.

감옥에 갇힌 사람들은 매일 전등불 꺼지는 것을 신호 삼아 마음을 모아 기도를 올리기로 했다. 발원 내용은 조선

독립, 오로지 독립 염원이다. 독립 만세를 부르며 3월의 거리를 휘몰아친 기세와 여진은 감방을 기도하는 성소로 만들었다. 상부로부터 무슨 지시가 내려왔는지 간수들도 기도 시간이 되면 멀찌감치 떨어져 관망했다. 대신 수시로 시찰구에 눈을 가까이 대고 안을 기웃거렸다.

'간밤에 안녕하셨습니까?'

격벽장 가는 길에 그는 다른 사동 사람들과 무언의 눈빛을 교환했다. 하루 중 옥외에서 햇볕을 쬘 수 있게 허용된 유일한 십여 분의 시간을 온전히 누리기 위해 그는 고개를 한껏 뒤로 젖힌 채 온몸으로 빛을 받아들이고 그 빛을 기억하며 하루를 견뎠다. 햇빛 아래 간수들 떠드는 소리가 먼지처럼 흩어졌다. 하늘을 보면서도 벽을 사이에 두고 칸칸이 만든 격벽장 너머에 신경은 집중되었다. 체조하는 시늉을 하면서 혹시 벽의 저편에서 무슨 신호가 올까 기다렸다. 그럴 때마다 망루에서 날아오는 감시자의 시선이 등 뒤에 날카롭게 꽂혔다.

여름이 다가오자 사동은 화로처럼 달아올랐다.

방구석에 둔 분뇨통은 나무 덮개 틈으로 참을 수 없이 지독한 냄새를 피워 올리기 시작했다. 코를 막아도 아무

소용 없었다. 외벽에 난 두 개의 작은 창이 유일한 숨구멍을 만들어주고 있었다. 그건 말이 창이지 아무 가림막 없이 가운데 벽에 사이를 두고 두 개의 틈을 만들어 놓았을 뿐이다. 그 밑으로 벌통 속처럼 우글우글 들어찬 수인들에게 밤마다 벼룩 빈대가 살을 물어뜯으려고 달려들었다. 그는 다리를 뻗을 수가 없어서 쪼그리고 앉은 채 뜬눈으로 지새웠다.

바닥에 떨어진 삶은 콩 한 알이 보였을 때 그는 눈치채지 않게 엄지와 검지로 재빠르게 그걸 집어 입안으로 집어넣었다. 순간 어머니가 떠올랐다. 어머니가 절구에 메주를 찧을 때면 그 곁에서 한 주먹씩 주워 먹고 배탈이 났었다. 삶은 콩을 유난히 좋아하던 아들을 떠올리며 어머니는 지금 잠도 못 이루고 기도를 올리고 있을 것이라는 생각이 들자 눈물이 핑 돌았다.

콩과 보리로 뭉친 5등식 가다밥 한 덩어리와 소금 국물, 무장아찌 두어 쪽. 9시 반과 12시, 오후 5시에 식구통을 통해 들어오는 음식은 배를 채우기엔 터무니없이 적었다. 3월에 통통했던 볼살이 다 빠져 둥그런 턱은 각이 지고 야윈 얼굴 속에서 눈은 옴팡해진 채 그의 눈가는 거뭇거뭇해졌다.

'하루 종일 배고픈 것과 밤에 잠을 잘 수 없는 고통 중 어느 것이 더 힘든가?'

그는 생각했다. 비교할 수 없었다. 어느 것이 1이고 어느 것이 2라고 말할 수 없었다. 그에 비하면 똥 냄새는 참을 만했다. 배고픔과 수면 박탈과 지독한 똥 냄새와 밤마다 달려드는 벼룩과 싸우면서 그는 소년의 태에서 벗어났다.

사랑하는 어머니.

우리가 천번 만번 기도를 올리기로서 굳게 닫힌 옥문이 저절로 열릴 리는 없겠지요. 우리가 아무리 목을 놓고 울며 부르짖어도 크나큰 소원이 하루아침에 이루어질 리도 없겠지요. 그러나 마음을 합하는 것처럼 큰 힘은 없습니다. 한데 뭉쳐 행동을 하는 것처럼 무서운 것은 없습니다.

우리들은 언제나 그 큰 힘을 믿고 있습니다. 생사를 같이할 것을 누구나 맹세하고 있으니까요. 그러기에 나 어린 저까지도 이러한 고초를 그다지 괴로워하여 하소연해 본 적이 없습니다.

어머니!

어머니께서는 조금도 저를 위하여 근심하지 마십시오. 지금 조선에는 우리 어머님 같으신 어머니가 몇천 분이요. 또 몇만 분이나 계시지 않습니까. 그리고 어머님께서도 이 땅에 이슬을 받고 자라나신 공로 많고 소중한 따님의 한 분이시고 저는 어머님보다도 더 크신 어머님을 위하여 한 몸을 바치려는 영광스러운 이 땅의 사나이외다.

그는 어머니께 드리는 글월을 쓰고 있었다. 눈시울이 점점 붉어졌다. 편지에는 결코 내색하지 않는 감정이었다.
광대뼈가 드러날 정도로 야위고 꺼칠꺼칠한 두 뺨 위로 두 눈동자는 침침한 삼림 속에서 올려다보는 샛별처럼 빛나고 오히려 키가 더 자란 듯했다. 그가 여덟 팔자로 벽에 등을 대고 서 있으면 누구에게도 떼밀리지 않을 듯이 육중하고 단단해 보였다.

노인의 신음하는 소리가 더 커졌다. 그는 노인의 혈기 없고 주름살 잡힌 얼굴과 빠르게 들썩이는 가슴을 불안한 눈으로 지켜보았다. 신음 소리와 함께 도무지 잠들 수 없는 밤이었다.
감방 식구인 노인은 처음에 그를 보자마자,
"죽일 놈들. 이렇게 어린 학생까지 잡아들인단 말인가."
탄식했다.
노인의 눈에 그는 꼭 막내 손자뻘이었다. 나흘 전부터 고문 후유증이 깊어져 점점 고통이 커지는 게 눈에 보였다. 의사는 일주일에 한 번 사동에 올 뿐이다. 약이라고는 입에 대지 못한 채 노인의 증상은 시간이 갈수록 악화되는 중이었다.

그는 자신의 모욕을 꺼내어 두껍게 포개어 놓고 그 위에 노인을 편안히 눕히고 내내 머리맡을 지켰다. 수건에 냉수를 축여 더운 이마를 축여주어도 열은 통 내리지 않았다.

"의사를 불러야겠어요."

그 말에 노인이 눈을 힘없이 떴다. 눈동자는 이미 힘을 잃었다.

"저들에게 진찰을 받고 싶지 않네."

힘없는 중에 단호한 목소리였다.

시간이 흐를수록 노인의 고통은 점점 더해갔다. 그는 자꾸 불안한 마음이 들었다. 일어서서 복도 쪽 벽에 걸린 패통을 쳤다. 간수가 다가오자 호소했다.

"의사 좀 불러 주세요."

"이 밤중에? 허허."

어이없다는 듯이 뒤돌아서 가는 간수였다. 그는 철창문을 붙잡고 간수의 등에 대고 외쳤다.

“제발 의사 좀 불러주세요.”

노인을 뒤돌아본 그는 간수에게 다시 호소했다.

“안으로 들어와서 여기 좀 보세요. 사람이 죽어갑니다. 이곳에서 사람이 죽으면 당신에게도 책임이 있는 겁니다.”

목소리가 더 커졌다.

“뭣이? 당신? 책임? 어린놈이 건방지게.”

철창 너머에서 멈칫 서는가 했더니, 칼자루 찬 간수는 독사 같은 눈으로 그를 매섭게 흘려보곤 이내 돌아서 가 버렸다. 그가 노인에게 돌아와 손과 팔을 만지니 아까보다 더 찬기가 흘렀다.

노인은 괴로운 호흡을 이어가다가 희미하게 눈을 떴다. 눈물이 고인 눈이었다. 노인이 눈은 굵은 창살을 향하고 있었다.

“오늘이 내 몸을 얽은 저 쇠줄을 끊는 날이네.”

노인은 벌벌 떨리는 손을 들더니 잔뜩 힘을 주어 그의 손을 쥐었다. 호흡이 점점 가빠지기 시작했다. 그는 노인의 머리를 자신의 무릎에 괴었다. 한 손으로는 팔다리를 주무르며 온기를 되살리려 애썼다.

노인은 가슴에 손을 얹고 숨을 몰아쉬었다. 감방의 식구들은 이제 모두 그의 머리맡을 둘러앉아서, 죽음의 그림자가 시시각각 덮어오는 그의 얼굴을 묵묵히 지켜보고 있었다.

모두 약속이나 한 듯이 나직나직한 목소리로 일제히 노래를 부르기 시작한 것은 그때였다. 그것은 찬송가였다. 떨리는 목소리로 부르다가 이내 설움이 북받쳐 고개를 떨구고 흐느끼기 시작했다. 이윽고 노인은 한 덩이 선지피를 옷자락에 토하고는 영영 숨이 끊어지고 말았다. 그 순간 그는 보았다. 노인의 영혼이 자신들이 부른 노래에 고이고 쌓이고 받들려 쇠창살을 새어서 새벽하늘을 올라가는 것을. 그때 그는 한 손으로는 울음이 터지는 입을 틀어막고 또 한 손으로는 감지 못한 노인의 눈을 계속 쓰다듬었다. 날이 밝도록 그의 머리를 자신의 무릎에서 내려놓지 않았다. 노인의 시신은 다음날 가족에게 인도되었다.

그날 밤 바닥으로부터 올라오는 냉기가 그를 깨웠다. 창을 통해 검푸른 새벽빛이 흘러 들어와 방안의 윤곽을 조금씩 드러내고 있었다. 누군가 차가운 칼날을 옆구리에 들이댄 것 같아 그는 소스라치며 잠에서 깼다. 어둠 속 노인의 빈자리가 휑했다.

"이 자리에 원래 영은문과 모화관이 있었네. 중국의 사신을 맞아들였던 곳이지. 중국이 물러나더니 일본이 치고 들어오더니 이곳에 감옥을 세웠네.”

환청처럼 들려오는 노인의 음성이었다. 처음에는 전국 각지에서 들고 일어나는 의병을 잡아둘 목적이었다고 노인은 알려줬다. 대한제국과 일본 사이에 강제 조약이 맺어지고 그 후엔 사법권을 박탈하고 감옥 사무 위탁권을 취한 후 통감부가 급히 이 자리에 감옥을 지어야 했던 이유였다.

어둠 속에서 그의 눈은 타올랐다. 죽지 않을 만큼 먹이고, 말라 죽지 않을 만큼 빛을 쪼여주는 이 생지옥 같은 현실이 그에게 가르쳐 준 진리는 사람의 육신은 가둘 수 있어도 영혼까지 가둘 수는 없다는 것이다.

그는 어둠 속에서 눈물을 훔쳤다. 어디선가 누군가 타벽을 통해 자음과 모음을 이어 신호를 전해오고 있었다.

좋,은,소,식,있,소,곧,독,립,이,된,다,하,오.

빗금은 이제 너무 많아졌다.

감옥에서는 날짜를 잊어버리기 쉽기에 날짜를 기억하기 위해 긋기 시작한 금이었다. 벽에 새겨진 금을 처음부터 세

다가 그는 오늘이 몇 날 며칠인지 놓치고 말았다.

이제 그는 벽에 금을 긋는 대신 글씨를 쓰기 시작했다. 어둠 속에서 그는 벽에 손톱으로 글씨를 썼다. 책을 읽고 좋은 구절이 있으면 베껴놓고 시조를 암송했던 그였다. 어머니 윤씨는 그에게 자장가 대신 시조를 들려주곤 했다. 그는 꿈속에서 어머니의 목소리를 들었다. 그는 어머니의 시조창을 떠올리며 잠이 들었다.

"벽에 쓰는 건 시요?"

감방 식구가 그가 손톱으로 벽에 긁적긁적하는 모양을 물끄러미 보다가 물었다.

'시?'

그는 벽에 손톱으로 쓴 문장들이 시인지 아닌지 알 수 없었다. 다만 답답한 심정이 터질 듯해서 머리를 벽으로 들이받는 대신 하는 행동이었다. 마음 깊은 곳에서 참을 수 없이 솟구치는 말이 거기 있었다.

감방의 그는 수인이 아니라 시인이었다.

그가 서대문 형무소에서 나온 것은 봄부터 가을까지 세 계절을 보낸 후였다.

'저 굴뚝이 언제 저기 있었지?'

　그는 문득 걸음을 멈추고 시야를 가로막는 낯선 형체를 올려다보았다.

　수원지 굴뚝이었다. 굴뚝은 서양식 대포처럼 보였다. 거대한 굴뚝이 뿜어내는 숯검정 같은 연기와 그 아래 다닥다닥 붙은 민가의 작은 굴뚝들에서 피어오르는 실오라기 같은 흰 연기가 대조적으로 눈에 들어왔다. 굴뚝은 십여 년 전에 노량진 수원지의 상수도 시설을 두 배로 확장할 계획으로 총독부가 세운 것이다. 그는 뒤늦게 기억났다. 공사는 여전히 진행 중이었다.

　그가 집을 나서서 효사정을 향한 것은 출옥 후 한 달이 지난 시점이었다.

　수원지를 지나쳐 언덕길을 한참 걸어 올라가자 정자가 나타났다. 어렸을 때는 자주 오르내렸지만 몇 년간은 통 와 보지 못한 곳이었다. 세종 때 정승을 지낸 노한이 어머니를 기리기 위해 지었다는 정자에 앉으면 가까이는 한강이 내려다보이고 저 너머에 남산, 응봉산에 북한산까지 한눈에 들어왔다.

　한강을 가로지르는 철교가 보였다. 기차는 한강을 향하여 좌로 방향을 틀며 강가 언덕 위 묘소를 지나치며 달려갔다. 묘소에는 단종이 숙부에게 왕위를 찬탈당하자 복위를 꾀하다 극형을 당하거나 스스로 목숨을 끊은 사육신이 묻혀 있었다. 묘소 옆 강변에는 수원지가 있고 수원지 근처에 그의 집이 있었다.

저 철교는 그가 태어나기 일 년 전에 생겨났다. 노량진역과 경인선 철로가 생긴 다음 해였다. 그전에는 나룻배를 타고 건너야 했던 한강이었다. 철교가 놓인 후 17년이 더 지나서 인도교가 새로 들어섰다. 그는 자전거를 타고 그 다리를 건너 학교에 다녔다. 새로운 다리는 여름이면 다리를 오가며 선선한 강바람을 맞으며 사면으로 트인 강을 구경하며 걷다가 중지도 휴게 공원 버드나무 그늘에서 머물며 한나절은 쉬어가는 곳이 되었다. 어둠이 내리면 다리 위에 줄줄이 내걸린 장식등의 불빛이 강물을 비추어 아름다운 야경을 만들어내곤 했다.

군용기가 철교 위를 선회하고 있었다. 강변의 모래벌판에는 용산 병영에서 이동해 온 병사들이 훈련을 받고 있었다. 겨울에 한강이 얼어붙으면 그는 친구들을 불러내어 저 철교 아래 빙판에서 스케이트를 즐겨 타곤 했다. 그러나 1월의 한파가 날카롭게 옷깃을 파고드는 지금 이 순간 그는 이제 더 이상 스케이트를 즐겨 타던 때로 돌아갈 수 없다는 것을 깨달았다.

한강에서 불어 와 효사정 구석에 숨은 그를 공격하는 바람은 얼음 빙판보다 더 차갑고 시베리아 바람보다 더 날카로운 칼날을 품고 있었다. 그는 아직 옥중에 갇혀 있는 사람들을 떠올렸다.

‘그들은 지금 이 순간 눈덩이 같은 밥을 먹고 있을 것이다.’

만세 운동 관련자들은 죽거나 다치거나 감옥에 있거나 아직도 재판을 받고 있었다.

220개 군현 가운데 211개소에서 봉기가 일어났으니 혁명에 가까운 사건이었다. 전국에서 백만 명이 넘는 사람들이 거리에서 만세를 불렀다.

만세운동은 거족적인 혁명이지만 미완의 혁명이었다. 독립을 선언했으나 독립은 이루어지지 않았기 때문이다.

겨울바람은 계속 앉아 있기 힘들 정도로 차갑고 시렸다. 유독 바람이 시린 것은 며칠 전 들은 부음으로 인한 충격 때문인지도 몰랐다.

이틀 전 노량진으로 가서 신문관에 들렀을 때였다.

“심 군 아닌가?”

뒤에서 누군가 그를 불렀다. 돌아보니 C 선생이었다.

“소식 들었나? 이 선생이 돌아가셨어.”

그는 며칠 전 선생을 본 기억을 떠올리고 어리둥절했다.

그는 이 선생과 우리 말 공부를 하기로 약속이 되어 있었
다.

"며칠 전에 뵈었는데 그게 무슨 말입니까?"

"급성 감기라는데, 도무지 믿을 수가 없네."

선생은 고개를 저으며 탄식했다. 그는 말을 잇지 못할 정
도로 큰 충격을 받았다.

벽돌집과 호젓한 송림 사이에서 방향이 헷갈린 탓에 길
을 잃고 헤매다가 선생과 마주친 것이 일주일 전이었다.

"선생님께 인사드리려고 찾아가는 중이었습니다."

그가 인사하자 선생은 놀랐다.

"미안하네. 나 때문에 고생했군."

그때 얼어붙은 그의 두 손을 덥석 잡아주고 입김을 불어
주는 것이 아니던가. 그 손의 온기가 생생했다.

효사정에서 내려온 그는 마음이 무거웠다. 밥을 먹는 둥
마는 둥 하고 방에 들어와 누웠다. 그러나 오래 누워 있을
수가 없었다. 벌떡 몸을 일으켜 앉은뱅이책상 앞에 마주 앉
았다.

'귀중한 일생을 조선어 연구에 바쳤으나 시대와 사회는
선생을 환영치 않았으니 그의 흉중이야 어떠하였으랴. 호
천12이여 무정하다. 선생의 원대한 희망의 불길을 끄고 황

천으로 가시게 함이여. 무엇으로 선생의 영혼을 위로할 수 있을까?'

황망한 마음으로 애도의 글을 썼다. 문득 묘연한 빛을 느끼며 그는 고개를 들었다. 달빛이 한지 창에 앙상한 포플러 그림자와 같이 아래로 반을 물들이고 있었다. 창문을 열자 차가운 바람이 방 안으로 불어 들어오고, 달빛이 은은하게 스며들기 시작했다. 밖을 보면 처마에 티 하나 없는 맑은 수정에 불빛이 영롱하게 비친 것 같은 고드름이 열을 지어 매달려 있었다.

그는 방에 더 앉아 있지 못하고 나와 마당에서 서성였다. 마당에 서면 담장 너머로 얼마 전에 세상을 떠난 이 선생 집이 저만치 보였다. 그쪽으로 자꾸 눈길이 갔다.

'선생님을 죽음에 이르게 한 것이 과연 급성 감기일까?'

그는 깊은 슬픔을 느꼈다. 다시 방으로 돌아와 책상을 마주했다. 그는 연필을 들었다. 어머니를 닮아 시조를 즐겨 써온 그는 마음에 떠오르는 심상을 글로 옮기지 않으면 잠이 오지 않을 것 같았다.

---

12 호천(昊天): 넓고 큰 하늘. 또는 구천의 하나.

천국이 밝다 한들 이보다 더 밝으며 좋단들 이보다 더 좋을
수가 있으랴
백설 덮인 지붕 위에 명월은 문안하는데
선생은 어디 가고 물 마른 시내 곁에 빈집만 외따로.

달밤에 마주한 망자의 집과 월색 들이치는 창호가 만들
어낸 한 편의 시조였다. 시조 창작은 요절한 젊은 선생을
향한 애도의 방식이었다. 그러나 시조로 다 표현할 수 없는
여운이 마음 한구석에는 여전히 남아 있었다. 짧은 길이의
운문이 아니라 긴 글을 싶은 욕구가 치솟았다.

그는 다음날 원고지 8매 정도의 산문을 썼다. 그 글에는
「생리사별」이라는 제목을 붙였다. 친구들에게 글을 먼저
보여주었다.

"글이 좀 어때?"

물어보았다. 친구는 다 읽어보고,

"잘 지었다" 말하고 또 다른 친구는,

"글이 좋은걸. 문학잡지에 보내봐."

말했다. 그는 초고 상태의 글을 묵혀두고 좀 더 고쳐보기
로 했다.

"너는 어머니를 닮았어."

일가친척들은 그에게 말하곤 했다. 어머니 윤씨는 문장가로 꼽히는 여러 문사를 배출한 집안의 딸이었다. 문인의 피가 흐르는 집안에서 태어나고 자란 윤씨는 목소리가 낭랑하고 시조를 잘 읊었다. 친척들의 모임이 있는 날이면 어머니 윤씨의 시조 읊기 시간이 반드시 들어 있었다. 그의 형은 이미 신소설을 쓴 작가였고 소설가와 교류하며 지냈다. 그는 그런 집안 분위기에서 일찌감치 문예 쪽으로 기울었다. 누가 봐도 그는 문학청년이었다.

그는 이 선생의 전기 격으로 쓴 「생리사별」 외에도 마당에서 서성이다가 영감을 얻어 쓰기 시작한 「폐가의 설움」도 더 늘려 쓰고 싶었다.

하지만 가장 마음에 두고 있는 것은 감옥에서 가장 큰 충격을 준 노인의 죽음이었다. 아직도 그 기억이 생생했다. 그는 노인에 대한 이야기는 단편소설 형식으로 써 볼 생각이었다.

친구들과 취운정에 올라가 시간 가는 줄 모르고 기묘한 바위와 약수와 칭송을 늘어놓거나 문학 토론을 벌이다가도 집으로 들어와 저녁을 먹고 나서 같이 있던 친구가 집으로 돌아가고 나면 그는 방으로 돌아와 책상 앞에 앉았다. 매일 글을 썼다.

긴 글을 쓰려면 여러 시간 전념해서 써야 했다. 마음이 자꾸 뒤숭숭해져서 좀처럼 글에 집중이 되질 않았지만 그는 계속 책상 앞에 앉으려고 노력했다. 조금씩 글을 이어 나갔다. 글을 고치고 또 고쳤다. 문장은 참으로 어려운 것이었다. 몇 번 쓰고 고쳐도 그는 자신의 글에 좀처럼 만족할 수가 없었다.

전차에서 내린 그는 천변을 따라 걸었다.

봄은 아직 오지 않았다. 추운 날씨에 축대 아래 개울가에 빨래를 하러 나온 여인들이 그의 눈에 들어왔다. 축대를 바람막이 삼아 하천가 흙바닥에 장작불을 지펴놓고 그 위에 솥 가마를 걸어놓고 여인들이 빨래를 하고 있다. 솥 가마 안에서 빨래가 삶아지고 무럭무럭 솥뚜껑 위로 김이 피어올랐다. 한 발 폭 물길에 벌건 듯 퍼런 손을 담갔다 올리며 쪼그려 앉은 여인들의 흰 치마저고리 등줄기와 쪽 찐 머리 위로 피어오르는 아지랑이 같은 김 너머로 겨울의 개울이 낮게 흘러갔다.

시민에게 생활용수를 공급하며 흘러왔던 저 개천은 조선 왕조의 몰락 이후에는 청계천이라는 이름을 얻었다. 개천은 이제 일본인들의 거주 구역을 나누는 경계가 되었다. 개천 남쪽으로 일본인 거주지가 있는 쪽은 활기가 넘치고 점점 일본풍 집이 늘어났다. 이제는 어디 가나 일본인 집이 많아졌다. 상대적으로 북쪽은 점점 낙후한 구도시로 변해가고 있었다.

얼어붙은 손에 입김을 불어 넣으며 청계천을 내려다보며 걷던 그는 형을 떠올렸다.

열한 살이나 위인 큰형은 아버지만큼이나 무서운 존재였다. 서슬 푸른 관제 신문의 기자로 일하는 형은 요즘 그를 자꾸 불러냈다. 학교에 다니는 것도 취직을 한 것도 아니지만 습작에 매진하면서 유학을 꿈꾸고 있는 동생의 속마음은 아랑곳하지 않고 수시로 불러들여 심부름을 시켰다. 약을 사 와라, 어서 병원에 가서 주치의를 모시고 와라, 그러다가 그가 조금이라도 지체하면 당장 불호령이 떨어졌다. 며칠 전에는 교동에서 종로까지 하루 열 차례나 오르내려야 했다. 그날은 한파의 연속이었다. 언덕길을 달릴 때 그의 볼은 누군가 다가와 뺨을 갈기고 간 듯이 시뻘겋게 달아올랐다가 걸어가면 점점 새파래져 갔다.

형이 열이 오르고 맥박이 빨라졌을 때는 위급해 보였다. 낙원동 한양 병원으로 숨이 차도록 달렸다. 한양 병원에는 조선 제1호 의사면허를 가진 의사가 있었다. 그는 의사를 모시고 와서는 진찰하는 내내 옆에 무릎을 꿇고 앉아 안절부절못했다.

일주일을 간병인 심부름을 하며 그는 서서히 몸과 마음이 지쳐갔다. 도망치듯 집에서 빠져나온 날이었다.

청계천을 빠져나온 그는 이제 어디로 갈지 망설였다. 집으로는 가고 싶지 않았다.

'극장에 가볼까.'

그때 머릿속에 황금정에 있는 극장이 떠올랐다. 황금정 4정목에 들어선 황금관에서는 일본 영화 '생의 불꽃'이 상영되고 있었다. 그동안에는 요코하마에서 직수입한 미국영화를 상영관에 걸었지만 이번에는 서양 영화의 기법으로 촬영한 본격 일본 영화를 내걸기로 하면서 황금관에서는 처음으로 조선인 변사를 고용했다고 했다. 그 극장은 오로지 일본인 중심이었는데 이번에 조선인 관객을 끌어모을 계산인 것이 틀림없었다.

걸어가는 도중 그의 마음은 또 바뀌었다. 사람 많은 황금관 쪽이 아니라 상대적으로 한산한 우미관이 나을 것 같았다. 길을 건너려고 두리번거리는 그때였다.

"하나코 상. 하나코 상."

등 뒤에서 다급한 외침이 들려왔다. 동시에 그의 눈앞을 빠르게 스쳐 가는 것이 있었다. 기모노 사이로 하얀 허벅지를 드러내며 전속력으로 뛰어가는 젊은 여자였다. 밑이 완전히 트인 일본식 속곳 고시마키까지 걷어붙인 채 여자는 달렸다. 일본 여자가 아니라 분명 조선 여자였다. 그는 눈을 깜박거렸다.

'대체 무슨 일일까?'

여자는 누이 또래로 보였다. 그는 분명히 조선 여자임에도 일본 옷을 입고 저리도 다급하게 달아나는 여자의 사연을 추측해 보았다. 혹시 곤란한 상황이면 도움을 주고 싶었다. 불현듯 누이가 겹쳐 떠올랐다.

일찍 남편을 잃고 미망인이 된 누이만 생각하면 그는 마음이 무거워지곤 했다. 며칠 전에도 누이가 보고 싶어 찾아갔다. 왠지 하소연을 하고 싶었다.

"유학을 가고 싶으면 가야지."

누이는 늘 그의 편이었다. 사슴 같은 눈으로 그를 바라보며 그에게 다정하게 말했다.

누이의 남편은 병으로 일찍 죽었다. 매부가 죽었을 때 그는 「매부의 무덤을 안고」라는 제목의 시조를 썼다. 나중에 그 시조는 「피에 물들인 석양」으로 제목이 바뀌었다. 남편이 죽고 누이는 젊은 미망인이 되었다. 누이는 조혼13의 희생양이나 마찬가지였다. 식민지 조선은 봉건 유교와 근대 동양과 서양이 혼재한 사회였다. 여자들은 정조를 목숨처럼 여기고 부모가 정해준 대로 일찌감치 시집을 갔다. 그가 이씨 왕족 가문의 여자와 결혼한 것도 부모의 뜻에 따른 것이다. 그때 그는 아직 학생 신분이었고 나이 많은 아내에게 그는 늘 철부지 신랑이었다.

어린 나이에 혼자 된 누이는 시가에서 독립하지 못했다. 지금도 시가의 대소사를 모두 떠안고 살아가고 있었다. 며칠 전에 누이의 집을 찾아갔을 때였다. 그는 누이가 집안 살림에 매여 동동거리는 모습을 지켜보다가 제대로 말을 건네지도 못하고 돌아섰다. 그때 돌아오는 발걸음이 한없이 무거웠다. 그럼에도 그가 할 수 있는 일이 없었다. 무력감 다음으로 분노가 치밀었다. 단지 그가 할 수 있는 일은 들끓는 마음을 하소연하듯 일기장에 쏟아붓는 것이 전부였다.

시집에 갇힌 누이. 누군가로부터 도망치듯 달리는 여자. 처지가 다를 뿐 동일한 삶의 무게에 짓눌린 인생들이 아닐

---

13 조혼(早婚): 어린 나이에 일찍 혼인함.

까. 그는 점점 커지는 비애감을 느꼈다. 한편으로 자신의 처지를 떠올리고 있었다.

그 또한 답답한 현실에서 벗어나고 싶었다. 신세대 신문명 바람이 불고 있었다. 친구들은 하나둘 유학을 떠났다.

"서울의 밥값이나 동경의 밥값이나 다를 것이 없다면 차라리 동경으로 가겠다."

일단 떠나고 보자는 분위기였다.

"저도 유학을 가고 싶습니다. 여기서도 공부를 아주 못할 것은 아니나 내가 목적하는 문학 길은 닦기가 힘듭니다. 공부하게 도와주십시오."

그는 아버지와 형에게 간청했다. 되돌아온 것은 냉담한 반응이었다. 현재의 처지에서 벗어날 수 없다는 점에서 자신은 누이의 처지와 다를 것이 없었다.

여자는 어느새 보이지 않았다. 그는 두리번거리며 걷다가 극장 거리를 지나쳤다. 그의 발길이 이른 곳은 종로 거리였다. 그는 이제 거리가 낯설었다. 가깝고 먼 것이 섞여 보이고 방향감각이 작동하지 않았다. 이제는 낯설게 느껴지는 종로 3가 탑골 공원 앞까지 걸어갔다.

불과 세 계절 전에는 함성과 펄럭이던 깃발들로 가득했

던 거리였다. 길 곳곳에서 벌어지던 집회. 태극기를 휘두르며 달려가던 수레. 그날은 곧 세상이 뒤집힐 줄 알았다. 만세. 만세. 만세. 그날의 함성이 허공에서 들려왔다. 언제 그런 일이 있었느냐는 듯이 거리는 휑했다. 지금 종로 거리는 낯선 눈길로 그를 보고 있었다.

나라를 잃는다는 것은 매우 구체적인 시련이다.

"그동안 일본은 우리를 어떻게 대했나. 조선인은 고등교육을 받을 수준이 안된다며 보통학교 수업연한을 축소하고 중등학교에서 실업교육을 실시하고 조선인이 발간하는 신문은 모두 폐간시켰다. 조선인에게는 과학 연구와 고등교육의 기회를 주지 않았어."

"조선태형령은 또 어떤가. 정말 터무니없고 악질적인 법이었어. 오로지 조선인에게만 적용되는 법이 아니었나."

일 년 전 시위에 나서기 전 등사판을 밀며 친구와 나눈 말이었다. 조선태형령은 전근대적인 법이었다. 헌병과 경찰에게 즉결심판권이 주어졌는데 그들은 그 권력을 제 마음대로 행사했다. 집 앞 청소를 게을리했으니 10대, 웃통을 벗고 일했으니 10대, 이런 터무니없는 죄를 씌우고 태형을 가하는 식이었다. 그게 오로지 조선인에게만 가해지는 형벌이었다.

새로 부임한 사이토 총독은 부임하던 날, 남대문 역 앞에서 강우규가 던진 폭탄에 죽을 뻔했다.

강우규는 파나마모자를 쓰고 한 손에 양산을 들고 또 한 손에는 폭탄이 감춰진 세수수건을 쥐고 총독을 기다리고 있었다. 그가 던진 폭탄 중 하나는 신임 총독이 탄 마차 표면에 터졌고 다른 하나는 마차를 뚫고 들어갔으나 사이토 감독이 차고 있는 검대에 맞고 튕겨 나갔다. 간신히 목숨을 건진 총독은 문화통치라는 새로운 구호를 내걸고 통치 기조를 바꿨다. 먼저 조선인에게만 적용한 태형법을 폐지했다.

십 년 만에 조선태형령은 폐지되었다. 수없이 많은 사람의 죽음과 피 흘린 값으로 얻어낸 것이다. 그건 만세운동이 만들어낸 변화였다.

일 년 전과 사회 분위기가 완전히 변한 것도 분명 만세운동 결과였다. 비록 실패로 돌아가긴 했지만 학생, 농부, 상인, 기생까지 거리에 뛰쳐나와 골목을 휩쓸고 다니며 만세를 부르고 횃불을 든 혁명적 경험이 만들어낸 것이 있다. 그런 경험이란 일생에 한 번이라도 하면 그동안의 삶은 송두리째 흔들리기 마련이었다. 이제 그 일이 있기 전으로 결코 돌아갈 수 없었다.

평범하게 살아가던 사람들의 삶은 바뀌었다. 그럭저럭

자족하던 사람들이 사회운동가로 변신했고, 제 한 몸의 안녕을 목표 삼던 이들이 민족과 혁명의 대의에 투신했다.

한편으로 배움에의 열망이 불타올랐다. 변해야 살고 자각해야 일어선다는 각성된 의식이 또렷해졌다. 그동안에는 아이들을 전통식 사당으로 보내는 분위기였다면 이제 학부모들이 자녀를 새로운 학문을 배울 수 있는 보통학교로 보냈다. 학교 수는 한정되어 있는데 학생들이 몰리는 바람에 몇몇 학교에서는 입학시험을 치르고 학생을 선발했다.

방울 소리가 들려왔다. 그는 걸음을 멈추고 방울 소리가 나는 곳을 찾아 두리번거렸다. 신문 배달원이 거리를 가로지르며 뛰어오고 있었다.

"신문이요. 신문이요."

배달 소년의 목소리가 씩씩했다. 단지 신문이요, 소리지만 그 소리만으로도 그는 마음이 울컥했다.

온 나라에서 만세를 외치고 있을 때, 이를 보도하는 한글로 된 민간 신문 하나가 없었던 것이 일 년 전이다. 일본이 대한민국을 강제 병합하면서 한글로 발행되던 신문을 모두 폐간시켰기 때문이다. 총독부가 신문 발행을 허가한 것도 만세운동의 결과였다. 3월에 조선일보가 창간되더니 한 달

후에 동아일보가 창간되었다. 조선일보와 동아일보는 3.1 운동 1년을 기념하기 위하여 3월 1일 창간을 목표로 했지만 총독부가 민중을 선동할 수 있다며 허가를 해주지 않아 창간일이 뒤로 밀렸다.

'신문 말고 또 무엇을 얻었는가?'

그건 자유를 향한 열망이다. 자유의 가치였다. 자유에 눈을 떴다. 그것이 얼마나 소중한지 알았다. 자유란 안정적인 국가의 보전과 무관한 것이 아니라는 깨달음이었다. 나의 자유와 자존과 안위 또한 국가라는 단단한 그릇 안에서 지켜지는 것이다. 그렇지 않으면 풍랑 속 난파선처럼 언제든 깨어지고 말 것이라는 자각이었다.

배달원이 걸쳐 입은 저고리에 앞뒤로 요령 네 개가 달려 있어 방울 소리가 요란했다. 시내 곳곳에서 그들은 방울 소리를 내며 뛰어다녔다. 요란하게 울려 퍼지는 방울 소리는 암흑을 깨우는 소리처럼 들려왔다.

"떠나라, 떠나라."

방울 소리는 종소리처럼 그를 뒤흔들었다.

'누구의 눈치도 보지 않고 자유로이 목청껏 외칠 수 있는 곳으로 떠날 것이다. 자유를 찾아갈 것이다.'

그는 어두워지는 밤하늘을 하염없이 올려다보았다.

또 하나의 방명록

어머니.

저는 무사히 도착했습니다. 아무 염려 마십시오.

이곳 베이징은 서울보다 몇 배는 더 춥습니다. 이곳에서 저를 맞이한 것은 콩 장사가 얼어 죽을 정도로 추운 날씨였습니다.

어머니가 싸 주신 떡 한 조각을 조금씩 삼키며 덜덜 떨고 있을 때는 집으로 돌아가고 싶은 마음이 간절했습니다. 그러나 어머니가 주신 간곡한 말씀과 같이 결코 낙심하거나 실망하지 않을 것이고 그리 의지가 박약한 사나이는 아니니 아무 염려 말아 주십시오.

이 나라의 거리에는 국가를 상징하는 오색기가 자랑스럽게 날리고, 골목의 채소 파는 사람도 목청껏 소리 지릅니다. 무엇보다 그들은 자유를 가졌습니다. 제 나라에서 떳떳이 살고 언제나 자신들을 지켜주는 군대가 있으니까요.

남의 나라가 된 땅을 떠나왔지만 이곳도 남의 나라이긴 마찬가지입니다. 저는 여전히 이방인이었습니다.

이 거리에서 저의 행색이란 참 볼품이 없습니다. 어린 짐승이 광야를 헤매는 꼴과 다름없습니다. 그런 저에게도 먼저 다가오는 사람이 있더군요. 돌아보니 중국인 거지였습니다. 그가 내게 온 까닭은 무엇을 달라고 빌기 위해서였습니다.

그런데 저야말로 그에게 아무것도 내어줄 것이 없었습니다. 바로 내 자신이 거지였기 때문입니다. 저는 나라 잃은 거지였습니다. 저는 오히려 거지가 부러웠습니다.

어머니. 이곳에서 혈혈단신14인 저에게 도움을 주신 분들은 먼저 이곳에 와서 살고 있는 독립운동가들이십니다.

저는 신채호 선생님을 뵈었습니다. 그분은 베이신차오 관가 가까운 어느 전통 골목의 단칸방에 살고 있으셨습니다.

그분은 청년 못지않은 기백을 가지신 분이었습니다. 저는 집안의 큰 어른을 대할 때처럼 고개가 절로 숙여지면서 두 손을 공손히 모으지 않을 수 없었습니다. 그런 저를 선생님은 따뜻한 눈길로 보셨습니다. 먼저 다가와 크고 넓적한 손을 내밀어 뜨거운 악수를 주고 나서 의자를 가리키며 말했습니다.

"서 있지 말고 편히 앉게."

---

14 혈혈단신(孑孑單身): 의지할 데 없이 외로운 홀몸.

저는 그만 제 이름을 말하는 것도 잊어버렸습니다.

"여기까지 오느라 고생이 많았소."

"아닙니다."

하면서도 목이 메었습니다.

"어려운 일은 없었는가?"

선생님이 물었을 때도 시선을 떨어뜨렸습니다.

"선생님, 저는 어려운 일은 느끼지 않았습니다. 고초는 저에게 참을성을 길러주고 의기를 돋우는 체험이라고 여겼습니다."

선생님은 손을 수염에 가져가 만지작거리더니 불현듯 가슴에 무슨 덩어리가 북받쳐 오르는 듯 지그시 눈을 감고 애써 감정을 누르며 입을 열고 말씀하셨습니다.

"심 군, 살면서 가장 끔찍한 일이 무엇인지 아는가?"

깊은 동굴 속에서 울려 나오는 목소리였습니다.

"그것은 나라를 잃은 민족이 발 디딜 땅이 없어서 서간도로 북간도로 시베리아 황야로 몰리어 배고픈 귀신이 아니면 정처 없이 떠돌아다니는 귀신처럼 사는 것이네.

4천 년의 강토와 5백 년 사직을 일본에 바치고, 2천만 백성이 남의 노예가 된 일이네. 침략을 정당화하기 위해 일본은 조선의 역사마저 조작했네. 철도를 놔주겠다고, 더 나은 삶을 살게 해주겠다는 명분을 내세웠지만 타민족을 발전시키기 위해 침략하는 나라는 세상 어디에도 없는 법이네.

지난 십 년 세월을 뼈저린 고통과 수모 속에서 살아온 우리 민족은 일본을 몰아내지 않고는 더는 살길이 없다는 것을 알고 지난 만세운동 때 분연히 일어난 것이었네.”

그때 신채호 선생님의 눈썹은 파르르 떨렸습니다. 붉은 피를 뿜기 위해 세차게 박동하는 심장의 숨결이 후끈 제가 있는 자리까지 느껴졌습니다.

그때 선생님은 희미한 등잔불 아래, 글을 쓰는 중이셨습니다. 새로 창간한 잡지의 창간사를 쓰는 중이라고 알려주셨습니다. 저는 선생님이 글을 쓰는 것을 지켜볼 수 있었습니다.

선생님은 생각이 막히면 엽포에 침칠을 해서 말아서는 태워 물고 뻐금뻐금 빨았습니다. 그러다가 두 눈에 이상한 빛을 내며 담배를 집어던지고 붓에 먹을 찍고 또 한 줄을 이어 쓰셨습니다. 아직 담배를 필 줄 모르는 저는 담배 연기를 맡을 때마다 콜록콜록 기침을 해야 했습니다. 선생님의 방은 생담배에서 나는 연기와 냄새로 가득했습니다.

선생님은 글을 다 쓰고 나서 저에게도 보여주셨습니다.

“자, 이 글이 젊은 사람의 눈에 어떤가 보게나.”

글을 눈에 담았지만 저의 수준으로는 선생님의 글에 대해

뭐라고 감히 말할 수 없기에 가만히 고개를 끄덕일 뿐이었습니다.

어머니, 그 방에서 본 선생님의 모습과 '천고여. 천고여. 한 번 치매 무슨 소리가 나고, 두 번 두드리매 어디가 울린다' 글을 읽으시던 모습은 앞으로도 영영 잊지 못할 것 같습니다.

이회영 선생님도 만나 뵈었습니다. 선생님은 제가 여비가 떨어져 며칠 끼니를 못 챙겨 먹은 것을 알고 불러주셨고 먼저 밥부터 먹이셨습니다. 그날은 오랜만에 마주한 전골냄비 앞에서 오래 굶주린 저의 식성이 한꺼번에 되살아나는 듯하였습니다.

이회영 선생님은 저의 먹는 모습을 아들처럼 흐뭇하게 바라보시다가,

"심 군, 앞으로 무슨 공부를 하고 싶은가?"

따뜻한 목소리로 물어보셨습니다.

"저는 문학을 공부하고 싶습니다. 이곳에 온 것도 문학을 배울 수 있는 학교에 들어가고 싶었기 때문입니다."

저의 대답에 고개를 끄덕이시며 격려를 해주셨습니다.

어머니, 많은 청년들이 고국을 떠났습니다. 어떤 이는 체포를 피해 도주했고 혹은 다른 삶을 찾아 떠났습니다. 저도 여기서 저의 일을 잘 찾아보겠습니다.

어머니, 저에 대해서는 아무 염려 마십시오.

그는 어머니께 편지를 쓰다가 고루에서 울리는 북소리를 들었다. 어제 내린 눈은 쌓이고 쌓여 객창을 덮고 몽고바람 씽씽 불어 창을 왈각달각거리고 화로에 매탄도 꺼지고 벽에는 성에가 슬어 얼음장 같았다.

'나는 왜 집을 떠나왔는가. 이곳에서 가족과 떨어져 추위와 배고픔에 떨고 있는가.'

그는 마음이 흔들렸다. 그러나 고생을 고생으로 여기지 않으려고 애썼다.

그는 스무 살의 겨울에 국경을 건넜고 베이징에서 스물한 살 새해를 맞이했다.

북국의 눈이 싯누런 먼지를 섞은 몽고바람에 휩쓸려 와 들창 밑에 잔뜩 쌓인 날 아침에, 그는 베이징의 정양문역을 떠났다.

그는 상하이행 열차를 탔다. 대륙의 기차는 쉬지 않고 달렸다.

기차는 황하를 건너갔다.

담요를 돌돌 말아 넣은 커다란 짐 가방을 들고 그는 상하이역에 도착했다. 그곳에서 그를 기다리다가 달려와 반갑게 맞아줄 사람은 없었다. 대합실은 피부색과 복장이 다른 사람들로 북적였다.

역은 삼사 층 높이의 석조건물들이 광장을 에워싸고 있었다. 경비초소에 있는 경비병은 터번을 두른 인도인이 보초를 서고 있었다. 낯선 도시의 풍경에 그는 현기증이 밀려왔다. 어디선가 고함이 들려왔다.

광장 한구석에서 중국옷을 입은 청년이 서서 연설을 하고 있었다. 청년 하나가 대합실을 돌아다니며 전단지를 나누어주었다. 그도 얼떨결에 전단지를 받았다. 전단지는 한자 섞인 중국말이 가득했다. 한자를 해석하기 위해 더듬거리는 눈에 또렷하게 들어오는 것은 두 줄의 문장이었다.

5월 4일을 기억하자!
일본 상품 불매!

전단지 밑에 단체 이름이 쓰여 있었다. 중국 볼셰비키당 상하이 청년회였다.

그는 역을 나와 광장을 가로질렀다. 대로변까지 오자 얼굴이 검게 그을고 깡마른 중국 노인이 멀리서 그를 보고 인력거를 끌고 달려왔다. 그는 인력거꾼에게 프랑스 조계지 주소가 쓰인 종이를 건네주었다. '호잇' 휘파람을 신호로 인력거꾼이 바람처럼 내달렸다.

상하이에서 그가 가장 먼저 찾아보고 싶은 곳은 프랑스 조계지에 있다는 임시정부 청사였다.

이 골목 저 골목 지저분한 길을 돌고 돌자 막다른 골목에 자리 잡은 건물이 나타났다. 작은 2층 건물이었다. 안으로 들어가자 좁은 마루 맞은편 벽에 태극기 하나가 걸려 있고 그 아래 한 개의 책상이 놓여 있었다. 2층에도 먼지 냄새 가득한 빈방에 책상이 두세 개 놓였을 뿐이었다. 단지 작은 건물이고 사람들은 보이지 않았다. 그는 건물 앞에서 여러 번 기도하듯 합장을 하고 물러 나왔다. 비록 작은 건물일지언정 믿는 구석이 생긴 양 마음 한구석은 든든하였다. 그날 그는 베이징 거리에서 거지를 만날 때와는 다른 기분을 느꼈다. 성큼성큼 걸어서 숙소로 돌아왔다. 안동현에서 삼 원씩 주고 사 입은 멘빠오즈는 세탁을 하지 않아 이젠 냄새가 코를 찌를 듯하고 음산한 항구의 기후에 추위가 달려들었지만 견딜 만하다고 여겨지고, 가지고 온 여비가 벌써 바닥이 나서 앞으로 호구할 일이 걱정이었지만 언제든지 도움의 손길을 내밀어줄 조력자가 근처에 있는 느낌에 배도 덜고팠다.

역동적인 동시에 복잡한 도시. 그것이 상하이다. 중국과 유럽과 서양과 동양이 뒤섞인 도시. 근대식 석조건물들이 아스팔트 대로를 따라 즐비하지만 프랑스 조계지는 식민지 베트남 남자들이 순사복 차림으로 경계를 섰고 영국 조계지는 터번을 두른 인도 순사가 돌아다녔다. 챙이 넓은 모자를 쓰고 금시계를 찬 신사 숙녀들이 백화점과 오락관을 드나드는 번화한 거리 뒷골목에서 아편굴이 번창했다. 그곳에 식민지 조선의 망명객들은 개미굴 같은 하숙들을 얻어놓고 은밀히 움직이고 있었다. 프랑스 조계지에서는 거리나 상점, 학교에서도 영어와 불어를 썼다. 점원이나 인력거꾼, 하인들만 중국인이었다. 한편으로 이 도시는 퇴폐와 향락과 자유와 해방이 뒤섞여 흐르는 별천지였다.

그는 상하이에서 가장 번화한 영마대로를 정신없이 두리번거리며 걸었다.

중국은 너무나 넓고 도시마다 말이 달랐다. 그때까지 그가 할 줄 아는 중국말이란 '호- 갸' '니-디싱' '워-디무싱' '이모-첸' 과 같은 산둥 말 몇 마디가 고작이고 압록강을 넘어와서는 종이에 한자로 필답을 주고받으며 겨우 의사소통하는 수준인데 지금 귀에서 들려오는 소리는 '농' '이짜고쓰' '량짜고쓰', 꼬랑지를 툭툭 찍어 던지는 것처럼 방정맞게 들려오는 것이 산둥어와는 다른 언어 같았다.

그가 선시공사 진열장 앞에 이르렀을 때였다. 방금 어깨를 스친 사람은 왠지 낯이 익었다. 그는 이상한 느낌에 뒤를 돌아보았다. 상대방도 같은 느낌을 받았는지 걷다가 발길을 멈추고 돌아보았다.

"아!"

지난 3월 만세운동 때 함께 옥고를 치른 사람이었다. 낯선 땅에서 만난 동포는 구세주나 다름없다. 두 사람은 서로를 알아보고 동지를 만난 듯이 기뻤다.

"언제 여기 왔소?"

"한 달 전 그믐밤에 안동현에서, 중국인의 목선을 타고 아흐레 만에 황해를 건넜네."

그날은 여관 마룻바닥에서 담요 한 자락으로 두 사람이 커다란 몸뚱이를 돌돌 말고 잠을 잤다. 다음날 그들은 프랑스 조계지에서 조선 사람이 가장 많이 모여 있는 보강리를 찾아가 함께 방을 구하러 다녔다.

두 사람은 뒷골목에서 열리는 야학을 찾아갔다. 조선에서 건너온 청년들을 위한 야학이었다. 전차회사에 다니는 동포의 집에 야학을 차려놓고 중국인이 두 시간씩 와서 이틀 간격으로 저녁마다 강습을 하고 있었다.

밤마다 야학방에 이십여 명이 몰려들었다. 칠판 밑 걸상을 나란히 두고 저고리 등솔기를 제비 날개처럼 째고 총대

바지를 입은 남자들 사이에 흰 저고리에 검정치마를 입은 조선 여학생도 앉아 있고 중국옷을 입고 앉은 여자도 끼어 앉아 함께 공부했다.

야학 동기들은 만세를 부른 후 옥고를 치르고 조국에서 뛰쳐나온 공통점을 갖고 있는 점에서 3.1운동의 후예들이었다. 나이는 스물 안팎이었다. 망국의 청년이라는 암담함에 가위눌려 한밤중에 깨어나 혼자 울었던 공통 경험이 그들을 순식간에 가까워지게 했고 끈끈하게 묶었다.

청년들이 국경을 넘은 동기는 민족주의적인 의지도 있지만 젊은이다운 무조건적인 탈출 욕망도 강하게 작동했다. 식민지로 전락한 조국의 질식할 듯한 공기에서 벗어나고픈 자유에의 욕망이 그들을 움직였다. 그들은 이전 세대와는 다른 삶의 방식을 찾아내길 원했다. 그것이야말로 식민지인으로서의 운명에 저항하는 동시에 갖은 고초에도 불구하고 용맹하게 거친 세계의 항해로 그들을 이끄는 심적인 동력이었다.

그런 그들에게 상하이는 자유의 공기를 호흡할 수 있는 거대한 캠퍼스였다. 각자 소속된 곳은 달라도 저녁마다 모이는 야학이야말로 그들이 진짜 공부를 하는 학교였다. 그들은 야학에서 공부하고 토론하면서 과거의 세계관과 결별했다.

　뒷골목에는 중국어와 영어를 가르치는 어학 강습소 말고 다른 강독 모임도 있었다. 거기서는 사상연구소 간판을 걸고 매일 원서를 강독했다. 내용은 빈약해도 명칭은 거창한 무슨 당을 만든 후 그 당의 청년 조직을 준비하는 모임을 따로 갖는 눈치였다. 여러 사람이 모여 토론하고 사색하며 시국에 관한 의견을 나누고 장래에 취할 방책과 이상을 모색하는 모임이 여럿이었다.

　"그 어떤 정치권력이든 인정하지 않고, 이 세상 모든 속박에서 벗어나 절대적인 자유를 행사할 수 있는 사회를 실현하는 사상이 필요합니다. 개인의 자유가 핵심이니까 국가를 없애는 것이야말로 최고의 목표가 되어야 합니다. 사유재산제도를 폐지하고 폭력과 차별을 만들어내는 모든 권위와 이념을 탈피하자는 게지요. 이것이야말로 이상적인 사회이고 국가가 아니겠습니까?"

　한동안 보이지 않다가 황갈색 군복에다가 붉은 줄진 바지를 팽팽하게 다려 입고 무릎 아래까지 내려오는 털 망토를 두른 차림으로 야학에 나타난 박이 부르짖었다. 중국 두루마기 차림에 삐딱하게 쓴 모자에는 중국 군인의 별표가 붙었다. 그때쯤에 박은 처음 선시공사 진열장 앞에서 마주쳤을 때와는 다른 사람이 되어 있었다.

박은 연구소에서 매일 틀어박혀 지냈다. 각종 팸플릿과 신문잡지를 모으는 것이 그의 일이었다. 아침부터 책 속에 파묻혔다가 다저녁때가 되어서야 만터우 한 개씩으로 끼니를 때우며 갖은 일을 다 하고 있었다. 스크랩북에 무산계급운동에 관한 기사를 오려 붙이기도 하고 세계 약소민족의 분포와 생활 상태며 지역을 따라 생산과 소비되는 비교표를 꾸며나가고 그보다도 더 복잡한 각 도시의 공장 노동자들의 노동시간과 임금과 통계를 세밀하게 분석하는 것이 낮의 일이지만, 저녁에는 중국말 강습에 꾸준히 참여했다.

해가 바뀌고 새봄이 왔다. 상하이에 임시정부가 들어선 지도 2년이 지났다. 프랑스 조계지에 있는 영화관을 빌려 한인들 500명이 모여 처음 1주년 기념식을 치르고 올해 두 번째의 기념식이 있었다. 반일적 임시정부 망명객의 거점으로 자리 잡은 상하이에서 임시정부는 작년을 독립전쟁 원년으로 선포했다.

음산하고 침울한 하늘에 밝은 봄기운이 떠돌았다. 아침저녁으로, 문틈으로 새어드는 실바람이 살갗에 스쳐도 차갑지 않았다. 중국인 집의 추녀 끝에서 조롱 속의 종달새들이 목청을 가다듬었다. 거리에 나선 장수들의 땡그랑땡그

랑하는 쇠북 소리 사이로 옹기종기 모여들어 제비같이 재
깔재깔거리는 아이들의 목소리가 들려왔다.

늘 긴장을 놓지 못하고 매일 야학에 나가고 일과 공부와
운동에 바쁜 나날에는 봄날의 따뜻한 햇빛을 느끼는 것이
사치로 느껴질 만큼 시간이 쏜살같이 흘렀다.

매일 한두 끼로 때우며 밤늦게까지 강습과 토론이 이어
지는 생활에 강 근처에 가본 적이 없는 그들은 처음으로 봄
소풍을 떠나기로 했다.

황푸강 강가의 수양버들에 초록빛이 짙어지고 있던 날이
었다.

남자는 심과 박과 김 셋이 동행했고 여자는 현과 정과 주
였다.

"상하이는 조선보다 따뜻하네요."

모처럼의 나들이에 다들 입이 풀렸다. 가슴 안쪽에 숨은
말들이 흘러나왔다. 그중 김천이 고향인 김의 이야기를 듣
고 다들 입이 벌어졌다. 김은 서울에서 고등보통학교를 다
니다가 고향에 내려가 만세 시위를 벌이고 붙잡혔는데 그
때 받은 형벌은 징역 대신 태형 90대였다.

"형틀에 엎드려 엉덩이에 90대를 맞는데 한꺼번에 때리면
사람이 죽을 것 같으니까 이걸 사흘에 나누어 때리는 거야."

하루 30대씩 사흘에 걸쳐 맞고 피범벅이 되어 나왔다는 말에 그들은 말로만 듣던 태형이 그런 거구나, 모두 치를 떨었다.

"전도사를 십자가에 매달아 놓은 것도 봤네."

"전기로 지지고 천장에 거꾸로 매다는 짓을 하는 것은 짐승이나 하는 짓이지."

"짐승 같은 놈들."

분노의 감정은 또 한 번 그들을 끈끈한 동지애로 엮었다.

"태형이 폐지되었으니 이젠 형틀에 묶어놓고 때리지는 못하겠지요"

"그보다 더 한 게 생겨났을지도 모르지요."

그러다가 이르쿠츠크파와 상하이파가 서로 싸우는 이야기를 현이 불쑥 꺼내자 다들 얼굴에 웃음기가 사라졌다.

"모두 객지에 나와 생고생하고 있는데 서로 노선이 다르다는 이유로 대립하는 것이 도통 이해가 안 됩니다."

"왜들 그럴까요? 우리의 목표는 한 가지 아니었나요? 무슨 파, 무슨 파. 이런 형편인 줄 몰랐어요. 똘똘 뭉쳐도 모자랄 판에 왜들 죽도록 싸우는지 도통 이해할 수 없어요."

"나도 속상해요. 이곳을 찾아오는 것은 자유를 향한 열망도 있지만 여기가 잃어버린 나라를 대신하는 망명정부가 있기 때문인데요. 고국에선 여기를 임시 수도로 여겨요.”

“아무 훈련도 받지 못한 과도기의 인물들이 날뛰는 까닭이라고 생각합니다. 앞장을 선 사람들이 노루 꼬리만 한 자존심을 내려놓지 못하고 있습니다.”

“우리는 다른 길을 찾아야지요.”

“다른 길이라니요?”

“앞으로 논의해야지요.”

그때 박이 그를 돌아보며 말했다.

“자네는 아까부터 뭘 그리 적고 있나?”

정이 박의 어깨를 툭 치며 말했다.

“심은 시인이야. 파로 치면 문학파이고 낭만파야.”

“나는 적는 것이 버릇이 되었을 뿐입니다.”

그는 고개를 들고 희미하게 웃었다.

그들은 이윽고 황포탄 나루에 이르렀다. 강에 유람선이 떠 있었다. 모두 처음 보는 유람선에 시선을 빼앗겼다. 키 큰 백인 여자 하나가 챙이 넓은 모자를 쓰고 양산으로 해를 가리고 갑판에 나와 있었다.

“자, 우리도 이번 기회에 유람선을 타 봅시다.”

박이 유람선으로 이끌었다. 세 남자와 세 여자는 유람선에 올랐다. 청춘을 태운 배는 황포강을 따라 바다를 향한 듯이 하류로 흘러갔다. 이윽고 눈앞에 망망대해가 열렸다. 거대한 범선들 사이로 군함이 보였다.

"아, 바다!"

바다가 아니고 장강 하구였다. 배는 양쯔강에 이르러 있었다. 넘실대는 물결 저편에 거무스름하게 보이는 건 숭명 섬이었다.

모두 맑은 하늘 아래 출렁이는 배 위에서 동지나 해 쪽을 바라보았다. 그들은 각자 원대한 포부를 가졌다. 야학에서 중국어와 영어를 익히고 외국어대학을 거쳐 금릉대학에 진학하리라, 음악학교를 졸업하고 고향에 돌아가 선생을 하리라, 프랑스로 유학을 가리라, 러시아 문호처럼 위대한 창작가가 되리라, 블라디보스토크, 상하이, 항저우, 홍콩 등을 경유한 다국적 경로처럼이나 다양한 꿈이 대양을 향하여 뻗어나갔다. 스무 살의 나이만큼이나 푸르고 생생한 욕망이었다. 그러나 바다 너머에 고국산천이 멀지 않다는 생각이 들자, 한편으로 집에 대한 그리움도 사무쳤다. 모두 점점 감상에 빠져들었다.

귀밑머리를 서너 올 늘어뜨리고 곱게 틀어 올린 트레머리 정이 바다를 바라보며 눈물을 흘렸다. 옆에 나란히 선현과 주도 함께 눈시울이 붉어졌다. 주는 함흥이 고향인 여자였다. 그는 음악학교에 들어가 공부할 생각으로 고향을 떠나왔지만 지금은 혁명가와 사랑에 빠졌다. 언제 고향으로 돌아갈 수 있을까. 그들의 눈은 하염없이 고향 쪽으로 달려가고 있었다.

약해지는 마음을 떨쳐내듯 박이 팔을 들어 올리더니 주먹을 휘두르며 노래를 불렀다. 만세 운동이 일어난 해에 전국적으로 많이 부른 노래였다.

> 이천만 동포야 일어나거라
>
> 일어나서 총을 메고 칼을 잡아서
>
> 잃었던 내 조국과 너의 자유를
>
> 원수의 손에서 피로 찾아라
>
> 한산의 우로 받은 송백까지도
>
> 무덤 속 누워 있는 혼령까지도
>
> 노소를 막론하고 남이나 여나
>
> 어린아이까지도 일어나거라

그 노래의 끝으로 '동해물과 백두산'이 흘러나오자 처음에 웅얼웅얼하는 목소리가 다른 목소리가 합쳐지면서 합창으로 변해갔다. 다들 에워싸고 팔을 내저으며 발을 구르며 목청이 찢어지도록 동해물과 백두산 노래를 불렀다. 후렴을 부를 때는 눈물이 글썽였다. 고국산천을 떠나온 설움과 타향살이의 고달픔이 쌓인 위에서 감정은 한껏 증폭되었다. 여자들은 흐느끼고 남자들도 목이 메었다. 그들은 동시에 주먹을 쥐며 부르짖었다.

"우리는 아직 젊다! 우리는 청춘이다!"

그는 그날 바다를 배경으로 한 폭의 그림처럼 펼쳐지는 청춘의 초상을 눈에 담았다. 마음속 깊은 곳에서 한 권의 비망록이 새로 만들어지는 순간이었다. 감옥에서 죽은 노인의 이야기를 한 편의 단편소설로 써서 잡지에 발표한 그였다. 언젠가 상하이에서 함께 공부한 친구들의 이야기도 글로 쓰고 싶었다. 그는 친구들의 이야기를 마음 한편에 고이 접어 넣어 두었다.

그들이 소풍을 떠난 것은 그날 하루가 유일했다. 그들은 머지않아 중국의 다른 도시로 뿔뿔이 흩어졌다. 시간이 흐르면서 각자의 행로가 달라져 갔다.

2장 펜과 메가폰

철필을 든 청년

봄날의 햇발에 흰옷 입은 사람들의 자태가 눈이 부시도록 반짝거리고 벚꽃이 만개한 날이었다. 창경원에서 전국 기자대회가 열렸다.

동아산업합자회사 아세아주 한 상자.
식도원 맥주 한 박스.
천일약방 영심환 10봉.
명월관에서 기증한 맥주 한 박스.
갑자사 영목특약점 맥주 반 박스.

이 나라에서 총독부의 고위 관료 외에 가장 기세가 등등한 것이 언론사라는 것을 증명하듯 여러 협찬사에서 보내온 기증품들이 대회장 앞쪽에 놓였다.

중국에서 유학을 마치고 돌아온 대섭은 기자 대회장에 있었다. 신문사에 들어갔을 때 처음에는 학예부 소속이었지만 이듬해에 사회부로 옮겨갔다. 시내 일간지 사회부 기자들은 따로 '철필구락부'를 조직했다. 그도 사회부 기자가 되면서 철필구락부에 가입했다. 철필 구락부 소속 기자들은 매일 시보를 만들어 일선 기자들에게 뿌리는 일에 열심이었다.

무슨 청년회니 동맹이니 하는 단체들이 하루에도 열 개씩 생겨났다가 사라지던 시점이다. YMCA 태화관 천도교당 선술집 탑골 공원 벤치에서도 단체 창립식이 거행되곤 했다. 종로 거리는 청년들로 북적이고 잡지들은 활동가들의 근황을 가십거리로 소개했다.

지난 1월에는 조선일보에서 모스크바대회 다녀온 이야기가 무용담처럼 연재되었다. 3년 전만 해도 그런 일은 극비 사항이었는데 이제는 공공연히 언론에서 다루어지는 소재였다.

그런 분위기에서 4월에 전국 규모의 기자대회가 열린 것이다.

기자대회는 사흘간 열렸고 700명 가까운 기자가 참여했다.

'이 정도 규모면 기자 이름을 가진 인사는 거의 모두 모인 셈인데.'

그는 기자대회장을 둘러보고 속으로 생각했다.

첫날 기자대회 때 낭독된 결의문에는 총독부의 개입으로 두 줄이 삭제되어 있었다.

"언론 집회 및 결사의 자유를 구속하는 일체 법규의 철폐."

"동양척식회사를 비롯한 조선인 생활의 근저를 침식하는 각 방면의 죄상을 적발하여 대중의 각성을 촉구함."

총독부에서 결의문을 미리 입수하고 내용 중에 두 줄을 삭제하지 않으면 신문을 정간시키겠다고 협박하는 바람에 신문사에서는 한바탕 난리가 났다. 행사장에 배포된 철필 시보에도 문제 된 두 줄이 삭제되어 있었지만 눈을 가까이 대면 지워진 문장이 다 보였다.

대회 마지막 날 밤에 상춘원에서 뒷풀이가 열렸다. 상춘원 주변에 시내 경찰들이 배치되어 있었다. 기마경찰이 나타나서 자꾸 순찰을 돌았다.

상춘원 만화정에 차려진 여흥 무대에서는 악대가 취주악을 연주했다. 상춘원을 사들이고 이 자리에 만화정을 지은 사람은 천도교 3대 교주인 손병희였다. 그는 3.1만세운동 후 심한 고문을 받아 반신불수가 되었고 형무소를 나와 몇 달 뒤 만화정에서 생을 마쳤다. 손병희의 후계자인 최린이 기자들에게 여흥 장소를 제공했기 때문에 사회자의 소개로 첫 순서로 일어나서 기자들 앞에서 축사를 늘어놓았다.

기자들 사이를 돌아다니며 철필시보를 나눠주던 심은 본부석에 눈길을 주었다. 최린이 등장했기 때문이다. 그는 시보를 나눠주는 일을 잠시 멈추고 최린이 무슨 말을 하나, 귀를 기울였다. 최린은 만세운동 당시에 민족 대표의 한 사람이었다. 그때 형기를 덜 채우고 출옥한 후에 안 좋은 소문이 돌고 있었다.

그러나 그가 최린보다 더 주목하는 인물은 따로 있었다. 이광수였다.

그는 이광수가 쓴 유학생 독립선언서를 기미독립선언서보다 먼저 읽었다. 그때 그는 심장의 격동을 느꼈다. 그가 만세운동에 적극적으로 뛰어들게 된 것은 그로부터 받은 자극과 무관하지 않았다. 이광수는 동경에서 2.8 유학생 독립선언서를 쓰고 그 기사를 상하이 주재 외국 언론사를 써서 제보하고 3.1운동 때는 파리강화회의의 각국 수뇌들에게 거금을 들여 국제 전보를 치고 세계의 언론사들에게 보도자료를 보내고 상하이로 가서는 독립신문을 창간한 인물이었다. 젊은 지식층에서 이광수는 한때 추앙을 받았던 인물이었다. 그가 상하이에 도착한 해에 이광수는 임시정부 활동을 접고 귀국길에 올랐다. 귀국 직후 체포되었다가 곧 풀려났다는 소식이 들려왔다. 그 후 이광수는 익명으로 '민족개조론'을 잡지에 발표했다.

그 글에서 이광수가 구원을 우리 밖에서 구하고 목적을 요행에서 구하려 했다고 3.1운동을 폄하한 것은 충격이었다.

각 나라의 민족은 외부 간섭 없이 스스로의 정치 조직과 귀속 문제를 결정할 권리가 있다. 파리 강화회의에서 발표되었다는 윌슨의 민족자결주의 원칙은 처음에는 민족에게 새로운 기운을 주는 서양발 희망 통신이었다. 그건 다분히 이상적인 내용이고 나중에는 초강대국의 이익을 위한 제국주의적 원칙이라는 것이 시간이 흐르면서 드러났지만, 3월 당시에는 누구도 진실을 알지 못했다. 피바람이 몰아친 계절이 흐르고 나라에서 내쫓긴 상태에서 이광수가 어떤 숙고를 거듭했는지는 알 수 없었다. 다만 그와는 다른 길로 접어들고 있었다.

어쩌면 이광수의 그 글은 독립이 불가능하다는 인식이 확산되면서 그 자신과 일반인이 느끼고 있던 분열의 지점을 파고든 것일지 몰랐다. 이광수의 시선은 과거와 미래를 모두 비관하는 시선이었다. 기적에 가까운 전면적인 개조 없이는 민족이 멸망하리라는 암울한 시선이었다.

그때부터 시작이었는지 모른다.

그가 신문사에 들어가기 몇 개월 전에 이광수의 논설이 5회에 걸쳐 사설로 연재되었다. 그 글은 당시 타협적 민족주의 세력의 공식 입장으로 발표된 것이었다. 완전 독립을 포기하고 일제와 타협해 일본이 허용하는 범위 내에서 정치적 자유를 누리자는 자치론이 급부상하는 순간이었다.

글이 발표된 직후 사회주의자와 비타협적 민족주의자들은 이광수와 신문사를 격렬히 비난했다. 불매운동이 전국적으로 벌어졌다. 결국 신문사는 이광수를 해고하지 않을 수 없었다. 그는 후폭풍을 치른 뒤에 신문사에 들어갔기 때문에 같은 직장 내에서 이광수를 볼 수는 없었다.

유학생 독립선언서를 쓴 사람과 '민족개조론'을 쓴 이광수는 같은 사람이지만 다른 사람이라고 그는 생각했다.

'무엇이 그를 변하게 했는가.'

이광수의 세대는 자랑할 만한 국가를 역사적으로 가져보지 못했다고 자조했다. 그들은 구어체로 글을 쓰기 시작한 첫 세대였다. 처음은 같았지만, 점점 다른 끝을 향해 걸어가고 있었다. 누구도 자신이 걸어가는 그 길에 무엇이 기다리는지, 끝을 짐작할 수 없었다. 그는 대회장에 없는 이광수를 최린을 통해 떠올리며 쓸쓸한 마음이 일었다. 한편으로 중국에서 만난 여운형이 떠올랐다.

임시정부가 있는 건물 뒤편에 있는 어느 허름한 건물이었다.

2층 방 안에는 테이블을 둘러서 의자 몇 개가 놓였다. 벽에 걸린 커다란 조선 지도 하나와 유리 틀에 끼어서 액자로 걸린 독립선언서가 장식의 전부였다.

바지 꽁무니에 육혈포를 차고 비서인 듯한 청년이 문을 열고 들어왔다. 청년의 뒤로 꽤 큰 키의 인물이 등장했을 때 의자에 앉아 있던 그는 벌떡 기립했다. 이름으로만 들었을 뿐인 전설적인 독립운동가의 얼굴을 처음 마주 대했다.

조선 사람 중에도 저런 체격을 가진 이가 있나 싶게 체격이 건장했다. 떡 벌어진 가슴, 가로 찢어진 눈에다 카이저 수염, 반백으로 희끗하게 변한 머리털, 이마에 잡힌 주름살에 망명가의 삶이 담겨 있는 듯했다. 여운형은 나라가 망하자 노비 문서를 불살라 버리고 집안의 노비를 해방시킨 후 집 안에 있던 신주들을 모두 땅에 묻어버린 후 조국 산천을 떠나왔다. 소개장을 써달라, 당장에 밥을 굶으니 도와달라, 온갖 핑곗거리를 들고 찾아오는 수많은 청년들을 거둬주고 돌봐주며 운동에 전념했다. 그가 찾아갔을 때도 먼 곳에서 자신을 찾아온 젊은이를 친아들인 양 흐뭇하게 바라보았다.

"아내의 소원은 조선 땅에 묻히는 것이었네. 나는 아직 그 소원을 아직 들어주지 못했네."

그때의 목소리가 여전히 아련하게 들려오는 듯했다. 그는 본부석에 앉은 언론계 대표 인사들을 바라보았다. 중국에 있을 때 망국 청년의 선택지는 두 가지 중 하나였다. 학교에서 가르친 대로 일본에 동화하여 천황의 신민으로 살아갈 것인가, 아니면 일본에 저항할 것인가. 자유를 열망하며 국경을 탈출하여 망명가의 삶을 스스로 선택한 상하이의 친구들은 기꺼이 후자의 길을 갔다. 그들은 모두 귀국한 후 항일 활동을 벌이다가 체포되어 감옥에 있거나 여전히 나라 밖에서 떠돌고 있었다. 그는 자신은 어떤 길을 가고 있는지 생각했다. 그에게 마음의 타락을 막는 항체는 만세 운동과 중국에서 만난 운동가들이었다. 특히 만세 운동은 절대 잊혀서는 안 될 기억이었다. 그 사건은 그에게 어떤 변절도 스스로 용납하지 못하게 했다.

그의 눈길이 동료 기자들을 향했다. 기자들은 떡과 김밥을 앞에 두고 소풍이나 온 듯 들뜬 분위기로 앉아 있었다.

그는 기자들에게 다가가 철필시보를 나눠주었다. 그날 기자회장에 뿌려진 철필시보는 500부 남짓이었다.

기자대회가 끝나고 나서 철필구락부 소속 기자들이 따로 선술집에 모여 뒤풀이를 가졌다.

앞치마를 두른 주인 아낙이 탁주와 안주를 날랐다. 열 명 가까운 기자가 둘러앉은 테이블 위엔 술잔들이 어지럽게 놓여 있고, 안주로 나온 전과 생선구이가 빈 그릇을 채우고 있었다. 기자들의 얼굴에는 피로가 묻어났지만 몇 순배 술이 돌자 분위기는 금세 뜨겁게 달아올랐다.

"요즘 신문의 지형이 많이 달라지고 있지 않소? 예전 같으면 조선일보야말로 친일파들의 신문이라 욕먹었을 텐데, 이제는 민족지로 거듭나고 있으니 말이오."

한 기자가 잔을 들며 말했다. 옆에 앉은 박 기자가 고개를 끄덕였다.

"맞소. 신석우 선생이 8만 5천 원이라는 거금을 주고 조선일보를 인수하고 이상재 선생을 사장으로 모시면서 신문이 확 달라진 게 느껴지더군."

다른 기자가 잔을 내려놓으며 말을 이어갔다.

"그렇소. 이상재 선생이 들어가면서 조선일보는 완전히 민중의 목소리를 대변하는 신문으로 탈바꿈했지. 안재홍

주필이 글을 쓰면서부터는 신문의 색깔이 더욱 선명해졌
소.”

한 기자가 말을 받으며 더 깊은 이야기를 꺼냈다.

“총독부가 문화정치를 앞세웠지만, 그것은 가면이나 마
찬가지였소. 그들은 조선인들이 3.1만세운동에서 보여준
단결된 힘을 분열시키고자 했지. 다시는 독립운동이 일어
나서는 안 되었기 때문이오.”

“옳소.”

다른 기자가 잔을 기울이며 덧붙였다.

“문화통치의 숨은 의도는 친일파 육성이라는 것을 이제
야 알겠소. 지주, 자본가, 지식인, 종교인 등 사회지도층 인
사들을 친일파로 만들고자 했던 거지요. 일본에 충성하는
자를 관리로 삼고, 장기적으로 친일 지식인을 양성하고, 친
일 인사를 사회 각층에 침투시켜 친일 단체를 조직하게 했
소.”

“그래서 그런지, 최근 들어 친일 여론이 더욱 기승을 부
리는 것 같소. 교풍회, 국민협회 같은 단체들이 생겨나고,
반일 독립운동이나 사회주의 운동 세력은 가혹하게 탄압받
고 있지 않소?”

한 기자가 씁쓸한 표정으로 말을 이었다.

“사회지도층 인사들이 눈앞의 이익에 빠져 친일의 길로 들어선 것도 문제요. 민족 대표로 나섰던 이들과 임시정부의 독립신문 주필까지 맡았던 이광수까지도 이제 민족개조론을 주장하며 친일의 앞잡이가 되어 버렸소.”

기자의 목소리에는 분노가 실려 있었다.

“이광수도 참 안타깝소. 처음에는 독립운동에 적극적이었던 사람이 이젠 어쩌다가.”

다른 기자가 고개를 저으며 말을 이었다.

“학교와 회사 등을 설립할 때 특혜를 받는 과정에서 많은 인사들이 친일 활동을 시작한 것도 사실이오. 일본이 내세운 문화통치는 제한된 범위에서 자유를 허용하여 일제 협력자를 양성하고, 항일 운동은 가혹하게 탄압하는 민족 분열 정책이었다는 것이 서서히 드러나고 있는 것이오.”

기자들의 목소리가 거칠어지고 있을 때 모 부장이 술집 안으로 들어왔다. 그는 들어서자마자 기자들의 얼굴을 훑었다.

“모두 여기에 모여 있었군. 자, 오늘 술값은 내가 내리다.”

한 기자가 벌떡 일어나며 웃음을 지었다.

“부장님께서 모처럼 술을 사시겠다 하니 안주를 더 시켜
야겠습니다!”

탁주와 안주를 추가로 주문했다.

부장은 기자들이 건네준 탁주 사발을 들고 벌컥벌컥 들
이켰다. 술집에 오기 전에 전작이 있었는지 벌써 혀 꼬부라
진 목소리를 내었다. 그는 느닷없이 깊은 한숨을 내쉬며 속
내를 드러내기 시작했다.

“우리도 고충이 많소이다. 지금 신문도 적자를 면치 못하
고 있습니다. 신문 하나 가지고 본사에 지국까지 돌아갈 형
편이 못 됩니다. 밑에서는 모르는 윗사람의 고충이 여간하
질 않습니다.”

기자들은 서로 눈빛을 주고받았다. 철필구락부는 봉급
인상을 요구해 왔다. 표면상으로는 봉급 인상 요구이지만
속내는 처음에는 민족지의 성격이 강했으나 점점 친일로
기울고 있는 주필 체제에 대한 항의성 시위의 성격이 강했
다. 경영진은 월급 50원을 80원으로 올리는 일은 절대 불
가라고 선을 긋고 나왔다. 부장은 선술집 술자리가 일선 기
자들의 의기투합을 위한 자리라고 여긴 듯했다.

부장은 처음에는 점잖게 타이르듯 말을 이어갔다.

“형편도 안 좋은데 월급 50원을 80원으로 올려달라니,

가당키나 한 요구요? 철필구락부네 어쩌네 하면서 이렇게 어울려 다니며 일을 벌이는데 경거망동[1]하지 맙시다.”

신문기자라 하나 신문 정간이 잦은 탓에 월급은 나오다 말다 했다. 기자들도 생존권은 보장되어야 한다고 다들 돌아가면서 한 마디씩 떠들었다. 언쟁이 이어졌다. 어느 순간 부장은 격해져서 갑자기 탁자를 주먹으로 내리쳤다.

“기자라고 다 같은 기자가 아니야. 예전엔 반상[2]의 구별이 분명했지. 이젠 감히 상놈의 자식까지 다 지식인입네, 행세한단 말이야.”

“그게 대체 무슨 말입니까?”

“술집 작부하던 천한 것의 자식까지 기자랍시고 우리 신문사에 들어와 있단 말이지.”

“아니, 무슨 말을 그렇게 하세요?”

“기자 일에 출신 성분을 왜 끌어들이십니까?”

한 기자가 벌떡 일어나며 쏘아붙였다.

“이 사람이 왜 고함을 지르고 그러나?”

“망언입니다. 사과하세요.”

---

1 경거망동(輕擧妄動): 경솔하여 생각 없이 행동함.
2 반상(班常): 양반과 상사람.

“뭘 사과 해. 내가 틀린 말 했나? 이런 버르장머리가 있나?”

되려 부장은 벽력같은 고함으로 맞섰다.

우당탕.

한 기자가 탁자를 엎었다. 뜨거운 국물이 부장의 얼굴에 튀었다. 화가 난 부장도 벌떡 일어나서 발로 탁자를 걷어찼다.

“부장님, 이러다 큰일 납니다.”

상황을 수습해야 한다는 생각에 술이 덜 취한 기자가 부장의 팔을 잡아끌었다. 밖으로 나가면서도 부장은 노발대발했다.

“근본은 변하지 않아. 요새는 천출들이 더 큰소리야. 말세야 말세.”

기자들은 어수선한 분위기 속에 흩어진 찌개 그릇과 쏟아진 술을 바라보며 한숨을 쉬었다.

기자들의 임금 협상은 줄다리기가 계속된 끝에 결국 결렬되었다. 철필구락부 회원은 임금 인상 투쟁의 다음 단계로 동맹파업을 결의했다. 주력 기자들이 모두 파업에 동참하니 당장 신문 발행에 제동이 걸렸다. 회사 측에서는 급히 수원, 인천 지국에서 일하는 기자들을 본사로 올라오게 해서 대체 근무를 시켰다.

"24시간 내로 출근하지 않으면 모두 해고하겠다."

회사는 선언했다. 기자들이 우르르 편집국으로 몰려갔다.

"이렇게 나오면 저희는 집단 사직하겠습니다."

"쯧쯧, 너희가 신문사에서 나가면 총독부만 좋아할 것이다."

"그게 무슨 말이오. 그럼 나도 사직하겠소."

여기저기서 고함이 들려왔다.

그렇게 소란스러운 5월을 보내고 6월에 사고가 올라왔다. 동맹 파업 기자의 요구를 거절하고 대신 사원을 교체하고 새로 채용하기로 했다며, 신문은 별다른 문제 없이 발행되고 있음을 알리는 내용과 함께 6명의 기자를 경질하고 9명의 기자를 해고한다는 알림이었다. 해고자 명단에는 심대섭의 이름도 들어가 있었다.

7월에는 태풍이 불고 장마가 졌다. 한 달 내내 장대비가 퍼붓더니 큰 물난리가 났다. 을축년 대홍수였다.

비는 9월 중순까지 계속되었다. 10월에도 비가 오락가락했다. 11월 중순이 되자 눈이 내렸다. 멀리 흰 눈에 덮인 남산 자락이 보였다. 태풍이 불고 홍수가 질 때는 여름이 끝나지 않을 것 같더니 가을도 잠깐이고 이내 겨울이 되어 있었다.

새로운 일

그때까지 그는 건강만은 자신해 왔었다.

'그런 내가 지금 무슨 꼴인가.'

가슴과 다리에 네 군데나 수술을 받고 미라 모양으로 반듯이 누운 채 숨만 할딱할딱 쉬고 있는 것이었다. 그는 현재 병상에 누운 자신의 모습이 믿기지 않았다.

임금 인상 투쟁을 벌이다가 덜컥 신문사에서 쫓겨난 후에도 그는 여전히 철필구락부 소속으로 철필시보를 발행하고 몸이 열 개라도 모자랄 정도로 여러 운동 단체의 발기인으로 참여했다. 대홍수가 났을 때는 수재민구호운동에 앞장서고 기관을 돌면서 수재의연금을 모집했다. 그 와중에 영화 〈장한몽〉에 배우 대역으로까지 출연한 일로 장안에 화제를 불러일으키기도 했다.

며칠 전에 〈장한몽〉의 이 감독이 문병을 왔었다.

"병상에 누운 심 기자님은 전혀 어울리지 않습니다."

이의 말에,

"뭘, 어울리지 않게 자네의 영화까지 대역으로 출연한 나인데 자, 병상에 누운 모습도 꼭 배우 같지 않나?”

하루아침에 영화 주연 배우가 되는 바람에 영화계의 신인으로 데뷔한 것처럼 신문에 대문짝만한 기사까지 났으니 지금도 생각하면 민망하면서도 신기한 경험을 떠올리며 그가 말했다.

“허허, 영화 한 장면이라고 여기면 감쪽같습니다.”

두 사람은 그들만이 아는 농담을 주고받았다.

글 쓰는 사람은 문사로 불리던 때였다. 문사의 선구자 격으로 최남선, 이광수가 있지만 김동인, 방인근, 염상섭, 김팔봉이 떠오르는 신인이었고 음악계에는 윤심덕이, 연극계에는 윤백남과 현철 등이 있었다.

그가 중국에서 돌아온 무렵에 영화는 태동기였다. 신문사에 막 들어갔을 즈음, 최초의 영화사가 만들어졌다는 소식이 들려왔다. 부산에서 만들어진 최초 영화사의 이름은 조선키네마였다.

최학송이 단편소설 「탈출기」를 발표하고 한설야가 단편 「그날밤」을 《조선문단》에 발표하면서 등단했고 나운규가 영화 〈운영전〉을 찍은 해였다. 영화감독 이경손이 찾아온 것은 그즈음이다.

개성 출생인 이는 그보다 4살이 어렸지만 예술적으로는

나이에 비해 조숙했다. 일본 도시샤 대학의 분교로 세워진 경성 신학교를 중퇴하고 현철이 예술학원을 세웠을 때부터 합류해서 연극 활동을 시작했는데 그가 직접 연출해서 상연한 무대 작품이 여럿이지만 동요와 동시를 써서 신문에 발표하기도 했다. 그가 이감독을 처음 알게 된 것은 무대극연구회 활동을 접고 동요와 민요 작가로 알려지기 시작한 때였다. 그는 무작정 신문사에 원고를 들고 온 이와 마주치곤 했다.

"이 선생, 당신의 동요와 민요는 주옥같습니다."

그의 칭찬에 이는 뜻밖의 말을 했다.

"심 기자님, 제 작품 수준은 제가 압니다. 부산이나 서울이나 다 같이 일본 집 일색이고 우리네들 집은 다 산밑으로 쫓겨 나가는 판에, 또 밥 상위의 김치가 '다꾸앙'으로 변해 가는 판에 내가 쓴 글에 내가 만족할 수 없군요."

그때 그는 이가 가벼이 볼 인물이 아니라는 생각이 들었다. 그때까지는 어디까지나 문사와 신문기자 관계였다.

그 뒤 이가 무대극연구회 단원들과 함께 조선키네마에 들어갔다는 소식이 들려왔다. 처음에 조감독으로 있다가 〈심청전〉 영화를 만들어 감독으로 데뷔했다는 소식도 전해졌다.

그를 찾아오기 직전에 이는 『장한몽』을 시나리오를 각색해서 영화를 벌써 반이나 넘게 찍고 있었다.

이 감독은 대뜸,

"형님도 『장한몽』을 읽으셨을 테니."

운을 떼며 자신에게 닥친 황당한 일을 털어놓았다.

『장한몽』은 이수일과 심순애의 비련을 그린 작품으로 원래 일본 소설인 『금색야차』를 조일제가 번안해서 매일신보에 연재하면서 큰 인기를 얻은 소설이었다.

소설의 내용은 이렇다.

이수일은 일찍이 부모를 여의고 아버지의 친구인 심택의 집에서 자라나 고등학교까지 마친 뒤 심순애와 혼인을 약속한다. 어느 정월 보름날, 심순애는 김소사의 집으로 윷놀이를 갔다가, 거기에서 대부호의 아들인 김중배를 만나게 되는 것이다. 심순애는 김중배의 다이아몬드와 물질 공세에 유혹되어 점점 이수일로부터 멀어져간다. 이 사실을 알게 된 이수일은 달빛 어린 대동강 강가 부벽루에서 심순애를 달래보고 꾸짖어도 보았으나, 한 번 물질에 눈이 어두워진 여자의 마음을 돌릴 수 없었다. 울분과 타락 끝에 고리대금업자 김정연의 서기가 된 이수일은 김정연의 죽음과 함께 많은 유산을 받게 된다. 이런 소용돌이 속에서 자신의 과오를 뉘우친 심순애는 대동강에 투신자살하려다가 수일의 친구인 백낙관에게 구출된다. 결국, 두 사람은 백낙관의 끈질긴 설득으로 다시 결합하여 새 출발을 하게 된다.

이런 이야기를 영화로 만들면 분명 흥행할 것이라고 이는 판단한 듯했다. 이는 즉시 영화 만들기에 들어갔다. 주연을 맡을 배우를 부산에서 영화 일을 할 때 알게 된 일본인을 쓰기로 했는데 그게 화근이 되었다.

이수일이 대학 교문을 들어가는 장면을 찍는 날에 촬영이 시작되었는데 갑자기 배역을 맡은 주연배우가 말했다.

"감독님, 저는 기분이 좋지 않아 여기서 그만두겠습니다."

"대체 무슨 일이야? 왜 그래?"

이는 당황했다. 그날부터 종적을 감춘 배우 대신 대역을 맡아줄 배우를 찾아다니다가 그를 찾아온 것이었다.

"아무리 그래도 한 번도 해보지 않은 연기를 어떻게 합니까? 나는 그런 일은 할 수 없습니다."

그는 몇 번이나 손사래를 쳤다.

"형님, 제발 나 좀 살려주시오."

이가 거듭 사정하자 그는 마음이 흔들렸다. 이게 가능할까 하는 마음 한편으로 솔깃한 마음도 없지 않았다. 그는 안경을 벗고 분장을 한 후 촬영이 중단된 대학 교정 장면부터 이수일 대역으로 카메라 앞에 섰다.

앞서 촬영한 배우에 비해 그는 몸집이 컸다. 몸집 큰 그가 연기한 이수일이 교문을 들어서면 교정에는 키 작은 배우 이수일이 서 있었다. 큰 이수일이 심순애를 대동강 변으로 끌고 가면 그다음에는 작은 이수일이 나타났다. 두 사람이 한 사람을 연기한 장면이 앞뒤로 뒤섞인 편집으로 한 편의 영화가 완성되었다. 누가 봐도 이상한 일이지만 대부분 열악한 조건 속에서 영화가 완성되었던 시기였다. 그때 이는 어떻게든 영화를 완성해 보려고 안간힘을 다한 것이다. 영화는 단성사에서 개봉되었다. 놀랍게도 영화는 흥행했다. 소설의 인기 때문인지, 영화의 초창기라 그만큼 장안에 볼거리가 없었던 탓인지 알 수 없었다. 아무튼 두 사람은 일생의 진기록을 갖게 되었다.

"이제 영화 쪽으로도 한 발 들이셨으니 영화평만 쓰시지 말고 시나리오나 영화 소설을 한 편 쓰시는 건 어떻습니까? 원래 영화예술에 관심이 많지 않으셨습니까?"

작가가 곧 감독인 시대였다. 영화감독들은 직접 시나리오를 쓰고 각색하고 메가폰을 잡았다. 이의 말은 그저 해 본 말로 들리지 않았다.

그는 처음 단성사에 갔을 때가 생각났다. 단성사 바닥에는 가마니가 깔려 있었다. 관객들은 가마니 위에 앉아 변사의 목소리를 들으며 영화를 보았다. 그가 태어나 처음으로 본 영화는 극단 신극좌에서 만든 연쇄극 〈의리적 구투〉였다. 그건 완전한 필름 영화가 아니라 김도산이 제작한 연극 속에 약 1,000피트의 필름을 삽입한 형태였다. 필름에 의한 완전한 영화가 만들어진 것은 윤백남이 민중극단을 이끌고 제작한 〈월하의 맹세〉였다. 그게 우리나라 첫 영화였다. 그 뒤에도 제작되는 영화는 외국영화의 번안 모방물이거나 개화기 신파물이나 통속사극물 수준이었다.

그동안 만들어진 영화에 비해 나운규가 시나리오를 쓰고 주연배우 역까지 맡은 〈아리랑〉은 세상을 깜짝 놀라게 했다. 마치 의열단원이 장안에 폭탄을 던진 듯한 충격이었다. 개봉하는 날부터 단성사는 미어터졌다. 그는 무성영화 시대의 기념비적 작품이 출연했다는 것을 예감할 수 있었다.

먼저 주제가가 흐르면 '개와 고양이'라는 자막에 이어서 변사의 해설이 시작되었다.

"평화를 노래하고 있던 백성들이 오랜 세월에 쌓이고 쌓인 슬픔의 시를 읊으려고 합니다. ……서울에서 철학 공부를 하다가 3·1운동의 충격으로 미쳐버렸다는 김영진이라는 청년은……."

〈아리랑〉의 주인공 영진은 3.1운동 때 잡혀서 일제의 고문으로 정신이상이 된 민족 청년이었다.

영화 속에서 영진은 낫을 휘두르며 오기호를 쫓아간다. 기호는 이 마을의 악덕 지주 천가의 머슴이며 왜경의 앞잡이다. 영진은 온 마을 사람이 송충이처럼 미워하는 기호를 이처럼 증오하며 왜경과 마주쳐도 찌를 듯이 낫을 휘두른다. 마지막 장면에서 영진의 손에는 포승이 묶였다. 영진은 그를 바라보고 오열하는 마을 사람들에게 다음과 같이 말했다.

"여러분, 울지 마십시오. 이 몸이 삼천리강산에 태어났기에 미쳤고 사람을 죽였습니다. 저는 죽음의 길을 가는 것이 아니라 갱생의 길을 가는 것이오니 여러분 눈물을 거두어 주십시오."

이러한 변사의 해설과 함께 영진은 일본 순경에게 끌려가고, 주제가 〈아리랑〉이 남아 흐르는 것은 가장 압권이었다. 그는 그 장면에 감동을 받았다. 당시로서는 드물게 우리 농촌의 생생한 현장을 사실적인 기법으로 묘사했을 뿐만 아니라 영진이 기호를 살해하게 되는 대목의 환상 장면의 설정과 처리가 뛰어났다. 그러나 가장 큰 감동은 작품 전체의 주제를 항일 민족정신으로 높이고, 그것을 전통민요인 〈아리랑〉과 연결하고 승화시킨 점이었다. 나운규는 그 영화 하나만으로도 영화사에 지워질 수 없는 궤적을 만들어내었다고 그는 생각했다.

그는 나운규의 모습을 처음 본 순간을 떠올렸다. 도리우찌 모를 쓰고 학생복 위에 검은 망토를 걸친 나운규는 몸집과 얼굴과 눈이 사자와 같은 분위기를 풍기고 입은 앵두 알처럼 작았다. 엄지와 둘째 손가락 사이에 낀 담배를 너무 깊이 빨아들이고 또 나머지 세 손가락으로 담배가치를 터는 모습이 인상적이었다. 심술궂고 변덕스러운 한편으로 성질이 불같았으나 열정이 가득했다. 이제 영화감독으로의 꼴이 완전히 잡혔지만 그때만 해도 문사 분위기가 철철 넘쳤던 이가 그에게 나운규라고 소개해서 그때 이름을 알았다.

영화 〈아리랑〉이 그에게 준 자극은 컸다. 이제 영화계에서도 더 이상 번안 모방물 따위나 개화기 신파물을 제작하지 않고 민족 영화를 찍으려고 했다.

평론계에서도 영화에 주목하기 시작했다. 문맹률이 높은 나라에서 책보다 영화가 메시지를 전달할 수 있는 효과적인 매체라는 점을 증명해 준 것이 나운규 영화였다.

이가 돌아가고 난 후에도 그는 좀처럼 잠이 오지 않았다.

새벽 4시. 그는 소스라쳐서 깨어났다.

방금 전에 본 것이 무엇인지 기억해 내려 애썼다. 꿈인데 꼭 영화 같은 꿈이었다. 스러진 꿈의 꼬리를 붙들었다.

'탈춤.'

그의 머릿속으로 하나의 제목이 떠올랐다.

'옳거니.'

그는 무릎을 '탁' 쳤다.

침대 위에서 천장을 바라보면 그곳에 하나의 무대가 펼쳐졌다. 그곳은 공상과 환상, 갖은 몽상과 명상이 흐르는 창작의 장이었다. 그는 병상에 누워 낮과 밤으로 공상 놀이를 했다. 몸은 자유롭지 못하지만 사고는 자유로웠다. 그런 때는 영락없이 어머니의 품에 머리를 파묻고 옛날 옛적 이야기를 듣던 때로 돌아가 있었다. 금세 대문호가 될 듯한 소년 시대의 공상이 부활했다. 그렇게 상상을 거듭하다 보면 어느새 동이 트고 있었다.

며칠 후 그는 중얼거리며 조금 전 떠오르는 문장을 그대로 백지에 옮겼다.

사람은 태고로부터 탈을 쓰고 춤추는 법을 배워왔다. 그리하여 제가끔 가지각색의 탈바가지를 뒤집어쓰고 날뛰고 있으니 아랫도리 없는 도깨비가 되어 백주에 큰길을 걸어 다니기도 하고 때로는 제웅3 같은 허수아비가 물구나무를 서서 괴상스러운 요술을 부려 같은 인간의 눈을 현혹게 한다. '돈'의 탈을 쓴 놈, '권세'의 탈을 쓴 놈, '지위'의 탈을 쓴 놈.

옛날에 짐새가 한 번 날아간 그늘에는 온갖 생물이 말라 죽는다고 하였거니와 사람의 해골을 뒤집어쓴 도깨비들이 함부로 장난하는 이면에는 순결한 처녀와 죄 없는 젊은 사람들의 몸과 영혼이 아울러 폭양에 시드는 잎새와 같이 말라버리고 만다. 그러나 그 탈을 한 껍데기라도 더 두껍게 쓰는 자는 배가 더 불러오고 그 가면을 벗으려고 애를 쓰는 자는 점점 등허리가 시려올 뿐이다.

그리하여 모든 인간은 온갖 모양의 탈을 쓰고 계속하여 춤을 추고 있다.

신문사 학예부에 있는 기자가 문병을 왔다가 그의 얘기를 들었다.

---

3 제웅: 짚으로 만든 사람의 형상.

"탈 얘기가 흥미롭네. 영화소설로 써 보면 어때?"

기자가 말했다. 신문마다 연재소설란을 만들었지만 작가난, 필자난에 시달렸다. 신문사 편집국에서는 신진 소설가들에게도 청탁했다. 필자를 구할 수 없으면 학예부 신문기자들이 대신 써야 했다. 한동안 기자들은 외국 소설 번안물로 지면을 메꾸던 시점이었다. 신문 연재소설은 이제 습작기 단계였다. 신문사에서 정식 청탁을 받았을 때 그는 이번 기회에 적당한 필명을 만들기로 했다.

그는 대섭이라는 자신의 이름이 좀처럼 애착이 가지 않았다. 대섭은 부를 때는 음향이 나쁘지 않지만 대(大) 자가 마음에 걸리곤 했다. 한자로 쓰면 섭(燮)은 19획이나 되는 것도 영 불편하기 짝이 없었다. 도장을 새겨도 서명으로 써도 중간이 허한 감이 있었다. 하필, 중국 어느 군벌 내각의 외교 총장을 지낸 자의 이름이 왕대섭이라는 것을 알게 되자 이름을 바꾸고 싶은 욕구는 더 간절해졌다.

자전을 마구 뒤졌다.

훈(熏).

자전 속에서 튀어나온 훈이라는 글자에 눈이 한참 머물렀다.

'이제 나는 심훈이다.'

그는 미소를 지으며 고개를 끄덕였다.

미리 쓴 거창한 머리말과 함께 최초의 영화소설이라는 소개와 함께 심훈작 『탈춤』이 본격적으로 신문 연재를 시작한 것은 그해 11월이었다.

무슨 까닭으로 결혼식장에서 이러한 풍파가 일었으며 신부와 함께 종적을 감춘 사람은 대체 누구일까? 이 영화소설이 횟수를 거듭함을 따라 수수께끼와 같은 놀라운 사건이 진상이 차차 드러날 것이다.

연재 1화는 결혼식을 치르는 현장에서 괴상한 사람이 등장해서 신부를 들쳐 안고 사라지는 장면으로 끝을 맺었다. 영화의 한 컷처럼 설정된 스틸사진이 소설과 함께 지면에 나란히 실리는 구성이었다. 소설이 무슨 내용인지 몰라도 그 사진만 보아도 호기심이 생길 수밖에 없었다.

그동안의 신문 연재소설에 삽화가 들어갔다면 영화소설에는 영화 스틸 사진이 들어갔다. 신문사에서는 나운규, 남궁운, 주인규를 모델로 스틸사진을 구성했다.

영화소설을 쓰기 시작할 때 그는 처음부터 영화 제작을 염두에 두었다. 영화 〈장한몽〉처럼 먼저 원작 소설이 있고 그걸 각색해서 영화로 만들면 흥행할 것 같은 기대감이 부

풀어 올랐다. 영화 소설은 어디까지나 실제 영화의 미리 맛
보기라고나 할까.

"종기가 재발했습니다. 수술받으셔야 합니다."

주치의가 심각한 표정으로 그에게 말했다.

"지금 소설을 연재 중입니다."

"글보다 건강이 우선입니다. 수술부터 받으세요."

그는 일단 응급 수술을 받았다. 이제는 병상에 누운 채
우유를 마시며 연재분을 써나갔다.

'심훈, 너는 이 소설을 끝까지 마쳐야 한다.'

그는 자신에게 주문을 걸었다. 영화소설 『탈춤』의 마지
막 회차는 34회였다. 그는 마지막 회를 완성했다.

영화 소설 연재가 끝난 다음 날 신문에는 영화 〈탈춤〉이
조선키네마프로덕션에서 조만간 촬영을 개시할 거라는 기
사가 났다.

두 달 후엔 영화 〈장한몽〉에서 주연을 한 그가 일본으로
건너갔다는 소문이 장안에 퍼졌다. 그해 그는 더 이상 신문
기자가 아니었다. 영화인이었다.

"왜 하필 일본으로 갑니까?"

사람들이 그에게 물었다.

"아직 조선에는 영화 촬영소가 없습니다. 우리 영화계는

이제 초기 단계입니다. 현재 영화 촬영 시스템이 잘 갖춰진 곳이 일본입니다. 촬영소가 있는 일본에서 배워와야 합니다."

그는 대답했다. 나운규의 〈아리랑〉도 일본의 자본과 촬영 기법을 갖춘 조선키네마프로덕션에서 제작된 것이었다.

그는 현해탄을 건너 경도로 갔다. 5월까지 경도에 머무르며 일활촬영소 무라타 감독 밑에서 촬영 기술을 배웠다.

5월 초순의 어느 아침. 그는 20리나 떨어진 동네로 로케이션을 나갔다. 그때 촬영 중인 영화는 뒤마 원작을 바탕으로 한 〈춘희〉였다. 감독의 지시에 따라 그도 영화의 엑스트라로 출연하기로 되어 있었다.

그는 촬영 순서를 기다리며 시냇가를 걸었다. 경도의 산천과 기후는 조선과 비슷했다. 5월의 화창하고 청명한 날씨에 솔포기가 다복한4 앞산에는 애청 빛 아지랑이가 분무기를 뿜듯이 피어오르고 점점이 붉은 동백나무꽃이 사방에 만개했다. 걸어가다가 그는 문득 걸음을 멈췄다. 눈앞이 환했다. 꽃그늘 사이로 단장을 한 여배우들이 걸어오고 있었

---

4 다복: 풀이나 나무 따위가 아주 탐스럽게 소복하다

다. 그중에 하늘하늘한 초록빛 의상을 걸친 여자가 까만 머리를 수양버들처럼 풀어 내린 후 노래를 시작했다.

"동백꽃은 붉다. 사랑 때문에."

촬영을 마친 영화 〈춘희〉의 노래였다. 여자들은 그 노래를 합창하고 있었다.

그는 멍하니 그 노래를 들었다. 그의 가슴에도 붉은 열꽃이 피어났지만 그 노래와는 다른 정서였다. 봄, 청춘, 5월, 붉은 동백꽃. 경도의 봄은 아지랑이 속에서 어지러웠다. 그건 상하이의 봄과도 다른 빛이고 서울의 봄과도 다른 빛깔의 봄이었다. 가슴 저미는 슬픔의 빛이 붉은 동백의 빛에 섞여 그의 마음을 뒤흔들었다. 일본에서 기술을 배워 조선의 민족 영화를 만든다, 모순의 현실이 불러일으키는 슬픔이었다.

그는 경도에서 지내며 틈틈이 각색한 탈춤 시나리오를 들여다보았다.

그때 한 남자배우가 눈에 자꾸 들어왔다. 〈장한몽〉에도 출연했던 강이 관서촬영소 신극부 전속 배우로 있었다.

강은 평양에서 태어나서 평양 광성고보 2학년인 15세 때에 일본으로 건너가서 대성중학교 4학년까지 다녔다고 자신을 소개했다. 동경오페라에 들어가 이시이 바쿠의 제자가 되었으니 대단한 진출이었다. 테너로서 하이 C까지 뽑아 올리는 능력에 이시이 바쿠가 그를 애지중지했지만, 사생활 문제로 오페라 가수로는 성공하지 못했다. 그 후 강은 일활에 들어가 연기를 배우는 중이었다.

당당한 체구와 명랑하고 저력 있는 음성에 원숙한 연기력을 갖춘 배우.

그의 눈에 강은 남자 주인공 감이었다. 강을 먼저 찾아가 운을 띄웠다.

"귀국 후 나의 첫 감독 데뷔작 영화를 찍을 예정인데 당신이 이 영화의 주인공이 되어주시오."

"좋습니다."

이미 장한몽을 통해 그를 알았던 강은 망설이지 않고 허락했다. 이렇게 남자 주연배우가 정해졌다. 문제는 여자배우였다. 그는 여자 배우는 귀국한 후 찾기로 했다.

먼동이 틀 때

신문에는 영화소설 〈탈춤〉 영화화, 라고 대문짝만하게 기사가 벌써 나갔다. 황금정에 있는 계림영화사에서 촬영할 준비에 분망하다는 내용이었다. 한 달 후에는 또 다른 기사가 나갔다. 원작 〈탈춤〉을 촬영키로 했다가 사정에 의하여 후기작으로 넘기고 대신 전과자의 운명담 〈어둠에서 어둠으로〉를 촬영키로 했다는 기사였다.

사정은 이러했다. 그가 시나리오를 들여다보며 스케일이나 출연 인원을 따졌을 때 탈춤은 영화로 제작하기에는 부담이 컸다.

'안타깝지만, 예산에 맞는 각본을 새로 찾아보자.'

그러다가 〈어둠에서 어둠으로〉란 제목의 로맨스 소설을 간신히 찾아내어 각색을 시작했다.

어느 저녁, 조수를 옆에 앉혀 놓고 그는 눈을 감았다. 갑자기 눈을 부릅뜬 그가 입을 열었다. 그가 입을 열기를 기다리는 조수가 눈을 깜박였다.

"제1 장면은 감옥 문전을 찍는다. 담 위에 간수. 옥문. 나오는 진. 진. 무영접인 진, 걸어간다 등 뒤로 절름절름. 제2 장면은 독립문이 있는 길거리를 찍는다.

진, 전신주에 기대어서. 인왕산. 전신주. 진, 한숨. 진, 걸어간다. 골목. 물장수 나온다. 진, 더듬더듬 이 집 저 집. 골목 더듬대는 진과 물장수, 스쳐 가다. 진, 쳐다봄. 문패.”

좀 속도가 빨라지면 잠시 멈추었다가 숨을 고르며 다음 장면을 생각했다. 그러면 조수는 펜을 놓고 기다렸다.

벼락 대본이었다. 독창적이고 즉흥적으로. 입으로 한 컷 한 컷을 부르는 신기에 가까운 작업. 입으로 부르면 옆에서 펜을 들고 있던 조수가 부르는 대로 받아썼다.

‘하룻밤에 이야기가 만들어졌지.’

그렇게 만들어진 대본을 퇴고할 겨를도 없이 곧 제작에 착수했다.

나중에 그가 영화 대본이 어떻게 완성되었는가 일러주면,

“그게 가능한 일이군요?”

배우들은 눈이 동그래졌다.

그때까지 그는 무라타 감독 너머로 보고 배운 것이 거의 전부였다. 현장에서 메가폰을 들었을 때 그는 손이 자꾸 떨

렸다. 그래도 카메라 뒤를 따라다니며 감독으로서의 폼을 갖추려고 애썼다.

촬영 감독은 일본인을 기용했다. 촬영 감독은 경험이 많고 기술이 뛰어난 사람이었다.

"하나의 숏 안에서 카메라를 이동해 촬영하는 좌우 돌림 기법, 이건 팬기법이라는 건데 지금까지 이런 촬영술을 쓴 건 이 영화가 처음일 거요."

기자 출신 감독에게 촬영 감독이 설명했다. 간신히 두 달 동안의 촬영을 마쳤다.

〈어둠에서 어둠으로〉는 검열을 통과하기 위해 〈먼동이 틀 때〉로 제목이 바뀌었다.

이제 그는 영화 개봉관을 찾아다녔다. 서울 이외의 부산, 평양, 원산, 대구 등지에 비록 상설관이 있었다 하더라도 일본인 소유였고 상영되는 영화도 일본 영화가 많았다. 전국에서 우리나라 사람이 경영하는 유일한 극장은 단성사뿐이었다.

마침내 계림영화협회의 세 번째 작품이자 그의 감독 데뷔작 〈먼동이 틀 때〉가 10월 26일 단성사에서 개봉되었다. 개봉을 앞두고 먼저 영화 시사회를 열었다. 기자들이 몰려왔다. 그는 내심 다음 날 신문 기사를 기대했다.

　기대와 달리 다음 날 신문에는 〈먼동이 틀 때〉 영화와 관련된 기사나 평론이 전혀 보이지 않았다.

　'시사회 때 온 기자들은 어디서 무얼 하고 있나?'

　그는 의문이 들었다. 신문에는 최승희 공연 기사가 실려 있었다.

　그가 단성사에서 입장객을 기다리던 그날, 장곡천정 공회당에서는 최승희의 데뷔 공연이 있었다.

　'꽃 같은 맵시 나비같이 노는 최승희 양의 무용 일곱 시부터.'

　신문에 광고가 앞서 크게 났다. 그 공연은 장안에 화제였다. 조선 최초의 무용가를 보기 위해 관객들이 모여들었다. 공연은 대성황을 이루었다. 몇 년 전 윤심덕의 데뷔 공연, 홍난파의 데뷔 공연보다도 뜨거운 열기였다.

　그날 관객들이 본 것은 지금까지 조선의 어떤 무대에서도 볼 수 없는 광경이었다. 자리를 못 잡아서 되돌아간 관객들이 있지만 끝까지 문밖에 서서 구경하는 관객들도 많았다.

　팔은 어깨를 지나 쇄골 일부까지 드러냈고 겨드랑이가 예사로 드러나고 맨살과 천 조각 아래 살이 살아 움직인다. 온갖 자태로 쉬지 않고 동작을 바꿔가며 파도치듯 출렁이며 요동치는 반나체의 율동미와 곡선미 앞에 사람들의 눈은 휘둥그레지고 이내 취하고 말았다. 취한 것은 관객이 아니라 그 글을 쓴 기자였을 지도 몰랐다. 그래서 며칠 전 본 그의 영화에 대한 기사를 쓸 생각은 나지 않았는지 모른다. 그는 뒤늦게 짐작이 갔다.

3,000원 제작비로 만든 〈먼동이 틀 때〉는 5만 명 관객이 들었다. 일 년 전, 절반도 안 되는 1,200원 제작비를 들여 만든 나운규의 〈아리랑〉에는 15만 명 관객이 몰려왔었다.

그나마 G생이란 작자가 "이제껏 본 영화 중에서는 가장 나았으며 촬영도 이제껏 생긴 영화 중에서는 가장 뛰어난 것이었다."라는 내용으로 영화평을 쓴 것을 보고 새로운 촬영 기법 덕분이거니 싶었다. 감독의 초작이라 서툴다는 말이 앞에 있었지만 그에게는 고마운 호평이었다.

정작 그의 기세를 꺾은 것은 동료 비평가들이었다. 부족한 여건 속에서 영혼을 갈아 넣어 만든 영화에 대해 그들은 자기 자신의 기호와 의견만을 표준으로 영화의 약점을 지적하고 있었다.

문단인이 영화에 대해 문예 작품을 평하는 태도와 논법으로 분석하거나 계급의식을 가지고 피상적이고 부분적인 감상을 적어놓는 글을 볼 때마다 그는 억울한 마음이 들었다.

특히 프로 비평가들은 가혹한 영화 검열 제도를 이해하

지 못하는 듯했다. 문예 작품 창작 원고에 대해서도 검열을 거쳐 주자가 거꾸로 박혀 나오거나 OOO XXX로 표시되어 나오는 판국에 그보다 더 가혹한 영화 검열 속에서 그들이 지향하듯 계급의식을 표방한 영화가 제작되는 것은 이상에 그칠 수밖에 없었다.

실제로 처음에 생각했던 '어둠에서 어둠으로'라는 제목이 뭔가 암울한 현실을 암시한다는 이유로 통과가 되지 못한 까닭에 흐리멍덩한 제목의 '먼동이 틀 때'로 뒤바뀐 과정을 비평가들은 헤아리지 못하고 있었다. 그는 비평을 비평하려 함이 아니었다. 좋은 영화가 드문 현실에서 대중적 형식 속에서 민족 현실의 속내를 어떻게 담아낼 것인가 고민하며 만든 신인 감독의 영화에 대한 평조차 좋지 못한 것은 못내 유감이었다.

하지만 감독인 자신도 첫 영화에 대한 아쉬움이 없지 않았다. 그 점은 인정했다. 첫째는 촬영이 선명하지 못했고 다음으로는 각색이 묘를 얻지 못했고 감독 경험 또한 부족한 탓에 배우들의 숨은 기예를 발휘해 줄 수완이 없었기 때문이었다. 그러나 원작 때문에 실패한 것은 결코 아니다. 그래서 그는 억울했다.

손탁호텔 다방 한구석에 들어앉아 그는 반박문을 쓰고

있었다. 한편에서 축음기가 돌고 있었다. 윤심덕이 부른 노래가 그의 마음을 대변하듯 처량하게 흘러나오고 있었다.

그는 잠시 펜을 멈추고 귀를 기울였다.

광막한 광야에 달리는 인생아. 너의 가는 곳 그 어데이냐. 쓸쓸한 세상. 험악한 고해를 너는 무엇을 찾으러 가느냐. 눈물로 된 이 세상은 나 죽으면 고만일까. 행복 찾는 인생들아. 쓰라린 민중의 마음을 대변하는 우울한 목소리의 주인공, 윤심덕은 사의 찬미를 세상에 남기고 현해탄에서 뛰어내렸다. 그는 아직도 김과 윤의 동반자살이 믿기지 않았다. 시신이 발견된 것은 아니기에 이 나라가 아닌 곳에서 연인과 숨어서 살아가고 있을 것만 같았다. 그는 자꾸 손톱을 만지작거렸다.

그의 감독 데뷔작이 단성사에 걸린 해 가장 흥행한 영화는 〈낙화유수〉였다. 그 영화를 제작한 금강키네마는 2년 후 문을 닫았지만 영화 주제가는 살아남았다. 정동의 중앙보육학교에서 홍난파에게서 음악 공부를 한 이정숙의 목소리는 조선인의 가슴에 아련한 감정을 불러일으키며 스며들었다. 우아한 창법에 신선한 가락과 세련된 가사가 모던 여성의 음조를 타고 축음기에서 울려 나와 귀를 파고들고 가슴을 적셨다.

계림영화사에서 〈먼동이 틀 때〉를 촬영할 때 멀리 진고개까지 가서 사 온 메가폰은 이제 그의 책상머리에 걸려 있었다.

그는 아침마다 메가폰의 먼지를 터는 것으로 하루를 시작하곤 했다. 촬영하는 내내 매일 그의 입김이 쏘이고 손때가 묻은 그것을 만지작거리며 아쉬움을 달랠 뿐이었다.

그는 노래 '낙화유수'를 들을 때마다 〈먼동이 틀 때〉 영화가 함께 떠오르곤 했다. '낙화유수'는 최고의 인기 가요가 되었고 영화 〈먼동이 틀 때〉는 이젠 필름조차 찾을 수 없었다. 중국에서 돌아온 후 여러 신문사를 전전하며 기자 노릇도 하고 여러 운동 단체의 설립에도 관여하고 그러다가 영화계까지 진출했지만 그는 한 편의 데뷔작을 만들고 물러났을 뿐이다.

그러나 그를 더욱 낙심케 한 것은 두 편의 소설이었다. 영화보다 더 뼈아픈 것은 소설의 실패였다. 그의 첫 장편소설 『동방의 애인』은 십 년을 품고 있던 비망록을 처음으로 세상에 꺼낸 것이었다. 상하이 친구들의 이야기를 드디어 소설로 쓰기 시작했을 때 그는 다시 심장이 뛰기 시작하는 것을 느꼈다. 소설은 39회까지만 연재되고 중단되었다.

'내용이 불온하다.'

그것이 검열 당국이 소설 중단을 명령한 이유였다.

두 번째 소설 『불사조』를 같은 신문에 연재했다. 『불사조』도 111회차를 끝으로 중단되었다. 이번에도 내용 불온이 이유였다. 두 편 다 미완의 소설이 되고 말았다.

때때로 만취한 그가 길거리에서 목격되곤 했다. 그는 일본 순사가 지키는 파출소 앞에서 소변을 보는 기행을 벌이기도 했다. 일본 순사가 발끈 노하여,

"어(漁)떤 놈이냐?"

뛰어나왔다. 그는 순사가 쓴 모자를 벗겨 쓰고 달아났다. 이 골목 저 골목 순사와 숨바꼭질을 하며 달렸다.

그는 새로운 일에 다시 도전하기로 했다.

경성방송국 문예 담당 아나운서로 취직한 것이다. 기자와 영화배우, 영화감독에 이어 그의 직업 목록에 아나운서가 추가되었다.

그가 맡은 일은 문예물 낭독이었다.

문제는 그 문예물이 모두 일본 문예물이었다. 읽는 도중에 '황태자 폐하'라는 같은 대목이 나오면 그는 주춤했다. 속이 메스꺼웠다. 여간 아니꼽지 않았다. 그런 속내를 좀처럼 숨기지 못했다. 우물쭈물 그 대목을 넘기거나 발음이 교

묘해지기 일쑤였다. 결국 3개월 만에 방송국을 나오고 말았다.

'마음에 없는 직업을 구하며 구차한 연명을 이어가느니 맥반총명5일망정 남의 눈치 보지 않고 끓여 먹고 출퇴근에 얽매이지 않고 오로지 시간을 내 마음대로 운영하고 티끌 하나 없는 공기를 마음껏 마시는 자유나마 누리자.'

'수도원의 수녀와 같이 근 십 년 독방 생활을 하는 셈 치고 도시의 유혹과 문화 지대에서 멀어져 오로지 일개의 문학청년으로 돌아가자. 어쭙잖은 봉사, 입에 발린 자기희생, 어떤 이념의 노예가 되기 이전에 맨 먼저 나 자신을 응시하리라, 새로운 생활의 말뚝을 모래성 위가 아니라 질척질척한 진흙 속에다 박으리라.'

좀처럼 잠 못 이루고 뒤척이는 밤에 내린 결심이었다. 그가 도시의 곁방살이를 접은 것은 오랜 밤을 보낸 후 내린 결심을 실행한 것이다.

---

5 맥반총명: 보리로 만든 주먹밥을 뜻한다.

펜대를 쥔 손이 가늘게 떨리기 시작했다. 그는 가로 15.5센티미터 세로 23센티미터 크기의 표지 위로 얼굴을 바짝 가까이 대고 검은 잉크를 묻혀 조심스레 펜글씨를 써 내려갔다. 자칫 조금이라도 흐트러지면 영 삐뚜름한 모양새가 될 테니 집중하지 않으면 안 되었다. 제목은 세로 배열로 썼다.

잉크가 마르기를 기다리며 그는 시집을 가만히 내려다보았다.

심훈 시가집 제1집. 제목을 소리 내 읽어보았다. 그리고 소중한 보물을 다루듯 원고지의 가장자리를 조심조심 어루만졌다. 두 눈은 시의 행간을 더듬었다.

첫 장을 열면 보이는 시 「밤」. 중국에서 귀국한 해에 검은 돌집의 방에서 쓴 문풍지 우는 소리를 들으며 쓴 시였다. 그는 그해 12월의 기나긴 겨울밤, 자신의 영혼인 듯 가늘게 떨며 흐느끼는 소리를 내던 문풍지를 떠올렸다.

앞면에 서시라고 썼다. 이어서 차례차례 소제목을 간지

에 이어 써나갔다.

「봄의 서곡」, 「통곡 속에서」, 「짝 잃은 기러기」, 「태양의 임종」, 「거국편」, 「항주유기」.

십 년 남짓한 시간 틈틈이 써온 100여 수 중에서 첫 시집에 들어갈 시를 고르고 또 골랐다. 6개로 분류된 소제목 아래 총 64편의 시가 시간별, 장소별, 주제별로 나뉘었다.

추억의 실마리를 붙잡고 학창 시대에 끄적여 두었던 묵은 수첩의 먼지를 털어 《삼천리》 잡지에 발표했던 시편들이었다. 인생의 가장 푸르른 시간을 중국의 도시에서 보냈다. 베이징, 상하이, 항저우의 나날이 떠올랐다. 스물한 살, 스물두 살, 스물세 살. 찬란하고 푸른 시절이었다. 전당강 강변을 걷던 때가 그는 그리웠다. 고향 산천을 떠나 마치 유배지에 온 듯한 모습이던 망명지사들…… 「평호추월」은 호심정에 그들과 올랐던 그때를 십 년 전에서 지금 이 순간으로 끌어왔다. 둘레가 20리나 되는 호수 한복판이었다.

중천의 달빛은 호심으로 쏟아지고 향수는 이슬 내리듯 마음속을 적시네. 선잠 깬 어린 물새는 뉘 설움에 우느뇨. 손바닥 부르트도록 뱃전을 뚜드리며 '동해물과 백두산'을 떼를 지어 부르다가 동무를 얼싸안고서 느껴느껴

울었네. 나 어려 귀 너머로 들었던 적벽부를 파만리에 와
서 당음 읽듯 외단 말가 우화이귀향 하여서 내 어버지 뵈
옵과저.

그는 호심정에서 시를 읽듯 눈으로 시를 읽어보았다.「항
주유기」라는 소제목 밑에 14편의 시를 모아놓으니 작은 추
억의 앨범이 되었다.

시집의 말미에는「감옥에서 어머님께 올린 글월」을 넣었
다. 그 글이 쓰인 장소인 서대문 형무소를 떠올렸다. 어머
니께 쓴 편지를 눈으로 다시 읽고 소리 내 또 읽었다. 그때
처럼 또다시 심장이 두근거리고 뜨거워지기 시작했다.

'이 시들은 내 청춘의 증명, 지나온 시간의 궤적.'

그는 손수 제작한 시집 원고를 '세광사'에서 출판하기 앞
서서 조선총독부에 검열본으로 납부했다.

검열을 마친 후 되돌아온 시집 원고는 만신창이가 되어
있었다.

"이런, 모두 붉은 줄투성이군!"

그의 얼굴은 검붉게 변했다. 펜글씨로 쓴 제목 옆에 '치
안방해' '일부 삭제함'이라는 붉은 글씨의 도장이 선명히
찍혔다. 그 밑으로 삭제된 곳에 복자나 'O' 자를 사용해서
는 안 되며, 삭제된 것을 빈칸으로 두어서도 안 되고 삭제

된 곳에 삭제 내용을 표시해서도 안 된다는 주의 사항이 일본어로 붉게 표시되어 있었다. 안 표지에도 온통 붉은 줄이 그어져 있고 삭제라는 도장이 위아래로 찍혔다. 출간을 앞둔 시집은 붉은 도장으로 뒤범벅이 되어 있었다.

아예 통째로 삭제된 것은 「그날이 오면」이라는 시였다.

> 그날이 오면 그날이 오면
>
> 삼각산이 일어나 더덩실 춤이라도 추고
>
> 한강물이 뒤집혀 용솟음칠 그날이,
>
> 이 목숨이 끊기기 전에 와 주기만 한다면,
>
> 나는 밤하늘에 나는 까마귀와 같이
>
> 종로의 인경6을 머리로 들이받아 울리오리다.
>
> 두개골은 깨어져 산산조각이 나도
>
> 기뻐서 죽사오매 오히려 무슨 한이 남으로리까
>
> 그날이 와서, 오오 그날이 와서
>
> 육조7 앞 넓은 길을 울며 뛰며 뒹굴어도

---

6 인경(人磬): 쇠종.

7 육조(六曹): 고려와 조선 때의 주요한 국무를 처리하던 여섯 관부를 뜻한다. 이

그래도 넘치는 기쁨에 가슴이 미어질 듯하거든

드는 칼로 이 몸이 가죽이라도 벗겨서

커다란 북을 만들어 들쳐 메고는

여러분의 행렬에 앞장을 서오리다,

우렁찬 그 소리를 한 번이라도 듣기만 하면

그 자리에 거꾸러져도 눈을 감겠소이다.

2년 전 3월 1일에 쓴 시였다. 해마다 그날을 꿈꾸지 않은 날이 없었다. 그 마음을 담은 시였다. 3월이 오면 만세의 함성과 태극기 깃발과 감격이 되살아나곤 했다. 붉은 도장의 군홧발 아래 짓밟힌 시들을 보자 그는 자신의 몸뚱이가 짓밟힌 듯한 수치심과 분노를 느꼈다.

「그날이 오면」을 빼고 반쪽짜리 시집을 출간할 것인가. 선택해야 했다.

시집 원고는 결국 붉은 도장이 찍힌 그대로의 모습으로 다락 궤짝 안으로 들어갔다.

'그날이 오면, 이 시집을 출간하겠다!'

조. 호조. 예조. 병조. 형조. 공조.

그는 시집 출판을 단념한 후 결심했다. 그러나 그날이 언제 올 지 알 수 없었다.

열린 창밖에서 타령조의 노래가 들려왔다. 그는 우두커니 서서 그 노래를 들었다. 누군가 넋두리 같은 노래를 하염없이 부르고 있었다.

일간두옥도 내 것 아니요
수묘전토도 내 것 못되네
무리한 수욕도 대답 못하고
공연한 구타도 그저 받누나[8]

---

8 작자 미상의 망국가.

3장 맥반총명일지언정 눈치 보지 않고

해풍의 시간

그는 지금 곁방살이 처지였다. 나이 어린 아내와 두 살 먹은 아들 하나밖에는 딸린 사람이 없어 식구는 단출하지만 그의 앞으로 된 논도 밭 한 뙈기도 없었다. 소출[1]이 없으니 수입도 있을 리 없었다. 그저 원고지를 채워서 발표라도 해야 생기는 고료 수입이 전부였다.

일개의 문학청년으로 돌아가자고 뜻을 굳히고 내려왔지만, 아버지와 조카는 들에서 쉴 틈 없이 일하고 있는데 대낮에 뜰아랫방 사랑채에 들어앉아 있노라면 답답증이 먼저 치밀었다. 그는 살아오면서 호밋자루 한 번 쥐어 본 적이 없었다.

번들번들 놀고만 있는 듯하여 그는 이따금 차려준 밥상이 편치 않고 받아먹는 밥이 목구멍에 넘어가지 않았다. 영 염치가 없어서 괭이를 들고 밭으로 가서 일꾼 노릇 좀

---

1 소출(所出): 논밭에서 나오는 곡식.

해보려고, 뭐라도 해서 밥값을 벌어야지 하는 마음으로 다가가면,

"쓰던 글이나 마저 쓰세요."

"누가 너더러 일 도와달라니? 들어가 글이나 읽거라."

조카도 아버지도 그를 쫓아내었다.

'무엇을 쓸 것인가?'

원고를 쓰기 위해 책상 앞에 앉았지만 그는 좀처럼 글감이 떠오르지 않았다.

'지난 삶은 나의 반생에 무엇을 주었는가?'

원고지에 쓰인 한 줄의 문장이었다. 물음에 즉답을 원하는 듯이 백지는 그를 빤히 올려다보고 있었다.

거울을 보면 여전히 도시의 삶을 그리워하는 눈빛이 보였다. 흰 얼굴은 섬약하고 창백한 지식인의 상징처럼 보였다. 거울에서 눈을 떼고 창밖을 보면 다들 논과 밭에서 일하고 있었다. 허리를 펼 새도 없이 일하고 있는 농민들은 햇볕에 그을려서 구릿빛 피부였다. 거울 속의 흰 지식인 얼굴과 구릿빛 일꾼의 얼굴. 참 대조적인 양극의 얼굴이었다.

'도시의 삶은 내게 술과 실연과 생에 대한 권태와 그리고 회색의 인생관을 주었을 뿐이다.'

벽에 걸어놓은 메가폰에 그의 눈길이 머물렀다.

‘메가폰아, 너도 영락없이 나와 함께 동굴의 시간을 보내고 있구나!’

그에게 영화란 실연한 애인만 같았다. 스물여섯, 일곱 살 적, 오로지 영화를 향한 정열에 불타올랐으므로 영화에 대한 미련 또한 아직 마음 한구석에 남아 있었다. 한때는 서해의 소설을 영화로 만들고 싶은 마음이 간절했었다. 서해는 신문사 연극부 일을 맡은 이후에는 극장 출입이 잦았고 영화 예술에도 관심과 흥미를 보였다. 어쩌다 그와 마주치면,

“여보, 심형, 내 작품 중에 하나 영화로 박아볼 만한 게 있소.”

하고는 독특한 코웃음을 치곤 했다. 서해의 소설「홍염」을 영화로 만들면 〈아리랑〉 같은 영화가 될 수 있을 것 같았다. 이제는 영화를 만든 때가 한여름 밤의 꿈처럼 아련했다.

신문은 사나흘씩이나 걸려서 배달되었다. 배달부가 신문을 가져오면 그는 광고까지 샅샅이 뒤져보았다. 이따금 진력이 나면 나날이 늘어가는 어린 아들의 재롱도 뒤로 하고 밖으로 뛰쳐나갔다. 주막으로 가서 막걸리를 두어 사발 약 먹듯이 들이켰다. 말벗 하나 없는 시골에서 주막이라도 가

지 않으면 안 되었다. 그는 주막으로 들판으로 쏘다녔다. 우울한 심사를 휘파람으로 날렸다.

다음날은 마음을 다잡고 책상 앞에 앉았다. 잡지사에서 청탁한 원고 마감일이 다가오고 있었다. 서울서 200리. 당진 읍에서도 40리나 되는 마을. 서울에서 전보를 치면 이삼일 만에야 도착하는 벽지의 궁촌으로 내려온 그가 무슨 생각을 하는지 사람들은 퍽 궁금한 모양이었다.

원고지를 앞에 두고 아까부터 문장 짓기에 골몰하는 중이었다. 애써 마음을 책상에 동여매었다 싶다가도 창밖으로 눈이 가는 순간 어느새 마음은 풍경 속으로 뿔뿔이 달아나고 말았다. 그는 서재에 틀어박힌 채 책상에 몸을 바짝 붙이고 앉아 있다가도 동창을 밀치고 자꾸 밖을 내다보았다.

아침부터 내리는 세우에 젖은 흰 돛 붉은 돛이 하나둘 간조된 아산만의 울퉁불퉁 내민 섬들 사이로 떠내려가고 있었다.

"또 어디 가셔요?"

아내의 목소리가 집을 나서는 등 뒤로 뒤따라왔다. 이내 마을에서 빠져나와 바다로 나갔다.

그는 배를 빌려 붉은 닻을 달고 바다 한복판까지 나아갔다. 노도 젓지 않은 채 다만 바람에 맡겨 떠내려가는 대로 내버려두었다. 뱃전에 턱을 괴고 앉아 바람과 물결에 배가 흔들릴 때 마음도 함께 흔들렸다. 그는 점점 감상에 빠져들었다.

'해풍! 해풍!'

누군가 그를 불렀다. 해풍은 어릴 때 친구들이 그를 부르는 이름이었다. 누가 이 바다 위에서 자신을 부르나, 그는 두리번거렸다. 바닷새만이 배를 따라올 뿐이었다.

해풍 이름과 함께 학창 시절로 되돌아간 듯이 마음이 온통 술렁였다. 이명2인 해풍은 지금처럼 바다에 둘러싸인 순간에는 더할 나위 없이 어울리는 이름이었다.

바다 위에서 그는 자신의 이름들을 끌어내었다. 어렸을 때 그의 이름은 삼보였다. 친구들은 해풍이라고 불렀다. 중국에서 지낼 때는 달밤에 뛰노는 전당강의 물결을 보고 낭만적 기분으로 '백랑'이라는 멋드러진 별호를 지어내기도 했었다. '금강샘'이라는 필명으로는 신체시, 「새벽빛」을 발표했더랬다. 이름만 보면 딱 그때 그 시가 떠올랐다. 백랑

---

2 이명(異名): 본 이름 외에 달리 부르는 이름.

에는 전당강의 추억이, 금강샘에는 「새벽빛」이 스며들어가 있는 것이다.

지난 시간의 추억에 하염없이 빠져드는 그를 깨우려는 듯이 서녘 하늘로부터 비를 머금은 구름이 몰려왔다. 검은 구름장은 머리 위를 덮어 누를 듯하다.

배는 아산만 한가운데 떠 있는 조그만 섬에 가닿았다. 멀리서 보면 송아지가 누운 것처럼 보이는 섬이었다.

그는 굴 껍데기가 닥지닥지 달라붙은 바위 위에 내려섰다. 새우를 말리기 위하여 공석을 서너 겹이나 바위 위에 깔아놓은 모양을 가만히 내려보았다. 꼴뚜기와 밴댕이 같은 조그만 생선이 섞인 것을 손가락으로 헤치자 비릿한 냄새가 코를 찔렀다. 길에 우거진 잡초를 헤치며, 그는 좀 더 걸어보기로 했다.

저만치 열 길이나 까마득히 솟아오른 백양목이 보였다. 나무 아래 게딱지 같은 오막살이 한 채가 있었다.

'이런 곳에도 과연 사람이 살고 있구나! 이런 작은 섬에서 누가 살꼬?'

그는 집 가까이 다가갔다. 처마와 땅바닥이 마주 닿은 듯한 그나마 다 쓰러져가는 집 앞에 이르렀을 때, 한 노인이 안에서 기어 나왔다.

“할머니, 여기서 혼자 사세요?”

말을 건넸다.

“아들하고 손주 새끼하고 살어유.”

쑥방석 같은 머리를 쓰다듬으며 노인이 말했다.

“아들은 어디 갔소?”

“저기 바다로 배 타고 나갔지유. 고기 잡으러유.”

노인의 흐릿한 눈이 아득한 바다 저편을 향하였다. 흰 물새가 바다 위를 날았다. 바닷바람이 백양목 가지를 자꾸 흔들었다. 그 순간 그는 왠지 마음이 저릿하고 쓸쓸해져서 혼잣말하듯이 말했다.

“사람도 없는 이런 데서 어찌 살아요?”

“달리 방도가 있어야지요. 여북해야 이곳에 왔을까요?”

바다 앞에서 노파의 말을 듣고 있노라니 그는 불쑥 새내기 기자 때 접한 통계가 떠올랐다. 그때 하루 세 끼 쌀밥을 먹는 사람이 드물었다. 세끼를 먹는 사람이 열 사람 중 두세 명꼴인데 비해 잡곡을 먹는 인구는 절반이고 잡곡에 풀잎을 섞어 먹고 풀뿌리와 나무껍질로 연명하는 사람도 많았다.

왜 이토록 가난한가. 그는 곧 이유를 알 수 있었다. 일본은 조선을 침략한 직후부터 토지 조사 사업을 벌였고 토지

조사를 내세우면서 조선인들의 토지를 강제로 빼앗아 일본인에게 싼값에 팔아넘겼다. 원래 자신들의 땅에 농사를 지으면서 소유주인 일본인에게 소작료를 내는 처지로 전락한 것이 한 원인이었다. 추수를 하면 그것으로 빚을 갚고, 바로 다시 빚을 내어 살아가다가 빚을 낼 수도 없으면 자식을 팔거나 온 가족이 만주 혹은 간도로 떠났다. 만주나 간도로 가지 못한 사람들은 일본으로 이주해서 노동자로 일했다. 그가 중국에서 막 돌아온 해 가을에 일본에서 대지진이 일어났다. 일본에서 일하던 조선인들이 그때 폭동설에 휩쓸려 희생되었다.

그 일이 있고 나서 무서워 일본으로도 가지 못하고 멀리 국경을 넘어 간도로 이주하지도 못하는 사람들이 생겨났다. 그들 중 일부는 이렇게 외딴섬까지 와서 살고 있는지도 몰랐다.

그가 쓸쓸한 마음으로 뒤돌아서려는데 갑자기 노인이 침침한 집 안으로 들어갔다 다시 나오더니 손을 내밀었다.

"선상님, 이거 하나 맛보고 가시오."

그가 노파의 손을 내려다보았다. 작은 손안에 든 것은 손바닥만 한 꽃게 하나였다.

"사람 구경하기 힘든 섬에 와주어 참 고마워유."

차마 뿌리칠 수 없어 그는 삶은 꽃게를 손에 받아 들고 마당 한구석에 쭈그려 앉아 게를 뜯어 먹었다.

그는 빈손으로 돌아설 수 없어 백동전 한 푼을 꺼내어 노인의 손에 쥐여 주었다.

"애구 애구, 아니오, 아니오. 선상님, 여기 와 주신 것도 고마워서 그러우."

노인은 한사코 사양했다.

집안에서 "응아! 응아!" 어린애 우는 소리 들렸다.

'아, 여기 어린애도 있구나! 손주인가 보구나!'

외로운 섬에 사람이 뿌리를 내리고 살 뿐만 아니라 가족을 이루고 아이까지 낳아서 살아가고 있구나, 그는 뭉클한 마음에 어린애의 얼굴이 보고 싶었다.

토굴 같은 안으로 들어섰다. 안에 젊은 어미가 구석에 앉았고 어미 품에 달라붙어 젖을 빨고 있는 아기가 보였다. 입에서 뜻밖의 말이 튀어나왔다.

"아기 한 번 안아봅시다."

갑작스레 아이를 한번 안아보고 싶은 충동이 일어 그는 손을 내밀었다. 살이 삐죽삐죽 나오는 베옷 한 벌로 겨우 앞을 가린 젊은 어미는 낯선 그를 똑바로 쳐다보지 못했다. 부끄러운지 고개를 들지 못했다.

“에그, 더러운걸요.”

“아니, 뭐가 더러워요. 아기가 아주 예쁜걸요.”

그러자 노인이 손주를 어미 품에서 떼어서 그의 팔에 안겨주었다. 갓난아기는 젖살이 포동포동하게 오른 사지를 바둥거리며 그의 얼굴을 말끄러미 쳐다보고 옹알거렸다. 고사리 같은 작은 손은 그의 손을 한껏 감아쥐었다. 그는 가슴에 안긴 어린 생명의 팔딱이는 심장 소리를 듣고 따스한 체온을 느꼈다. 조그만 코와 사랑스러운 입모습을 한참 내려다보았다.

아이가 사랑스럽다는 것은 그가 결혼 이후 처음으로 느껴본 감정이었다.

그는 열일곱 이른 나이에 결혼했지만 오래도록 아이가 생기지 않았다. 왕족과의 혼인은 양가 어른의 합의로 일찌감치 정해져 있었고 자신의 의지와 상관없이 이루어진 조혼이었다. 단출하게 부부로만 지내온 탓에 그는 나이는 들어도 기분만은 여전히 미혼인 듯 여겨지기도 했다. 아이가 없는 상태에서 첫 아내와 헤어진 후 신문사에서 일할 때 소녀 합창단을 후원하는 기사를 쓰다가 만난 여학생과 사랑에 빠졌다. 그녀와 결혼하고 이듬해 첫 아이가 태어났다.

고요한 밤에 겨우 백일이 지난 아들의 얼굴을 무심코 들여다보고 있으면 신기하고 사랑스러웠다.

그는 고사리 같은 아들의 어린 손을 가만히 쥐어 보곤 했다.

'이 손은 너무 부드럽고 너무 연약하구나!'

한편으로 마음이 저릿해 오는 것이었다.

'이 손으로 너는 장차 무엇을 하려느냐,

네가 씩씩하게 자라나면 무슨 일을 하려느냐,

붓대는 잡지 마라, 행여 붓대만은 잡지 말아라.'

이 아이가 자라서 자신처럼 붓대를 잡은 인생으로 살아가면 얼마나 고달프랴 싶었다.

내가 너를 왜 낳았는지 나도 모른다. 네가 이 알뜰한 세상에 왜 태어났는지 너도 모르리라. 그러나 네가 땅에 떨어지자 으아! 소리를 우렁차게 지를 때 나는 들었다. 그 뜻을 알았다. 억세인 삶의 소리인 것을!

그 밤에 쓴 시였다.

시에서는 '억센 삶의 소리'이지만 현실에서는 툭하면 집을 비워달라고 주인이 찾아와 매정하게 독촉하는 소리였다. 그즈음 그는 칠 원짜리 월세방에서 살면서 몇 달씩 방세를 못 내고 있었다. 눈을 뜨면 갓난아이와 어린 아내가 해바라기가 해를 보듯 자신만을 바라보고 있었다. 아내와 자식의 배를 주리게 할 수 없었다. 그는 불현듯 식구들을 두고 고기잡이배를 타고 나간 아이 아버지의 심정을 떠올렸다.

그는 아이를 떼어놓고 바닷가 오두막집을 나섰다. 그가 집에서 나오자 어린애가 울기 시작했다. 걸어오면서도 배를 타면서도 등 뒤에서 울음소리가 따라왔다. 나중에는 머리 위에서 나는 물새의 소리도 어린애 울음소리처럼 들려왔다. 배에서 내려 집으로 오는 동안에도 애처로운 울음소리가 귓바퀴를 맴돌았다.

섬에서 돌아오는 길에 그는 문득 마음에 일던 잔물결이 고요해져 있는 것을 깨달았다. 그날부터 그는 이제 더 이상 거울 속 자신의 창백한 얼굴을 바라보고 앉아 있지 않았다.

진짜 영웅

그가 영화를 그만두고 호구지책으로 신문사를 옮겨 다니며 여기저기 영화 비평 글을 쓰고 있을 때 조카 재영은 농민운동을 하겠다고 당진에 내려와 있었다.

"삼촌, 저를 농업학교로 보낸 것은 삼촌입니다."

"그래?"

"십 년 전에 중국에서 돌아오셨을 때 농촌에서 일하는 일꾼도 필요하다고 말씀하신 적이 있지요."

재영은 아버지와는 다른 길을 가는 청년이었다.

"열에 아홉은 농사를 짓는 농업국가에서 살면서 농촌을 살리는 일만큼 중요한 일이 또 어딨는가? 그렇게 말씀하셨어요."

그 말은 틀림없는 사실이었다.

"그러니, 노래 좀 지어주세요."

조카가 그를 찾아온 것은 공동경작회 청년들이 함께 부를 노래 좀 만들어달라고 부탁하기 위해서였다. 그는 조카의 얘기에 귀를 기울였다.

뜻 맞는 청년 몇이 마을 내에서 작년부터 야학을 시작했다. 처음에는 교회에서 가르쳤지만 야학당을 지으려고 보니 돈이 필요했다. 맨손으로 시작해도 사업을 하자면 기금을 모아야 했다.

"우리는 직접 논농사를 지어 그걸로 기금을 만들려고 합니다."

어느 날 그렇게 귀띔하더니 열두 사람이 모여 조직을 만들었다고 했다. 열두 사람 모두 발기인이자 구성원이었다. 조직의 이름은 공동경작회였다. 회원 수는 점점 늘어서 20명이 되어 있었다.

공동 경작 소작 답은 7마지기로 시작해서 나중엔 논이 23마지기로 불고 밭이 1,000평이 되었다. 농사지은 수입은 일 년 동안 회원들의 출역 일수대로 품값으로 할당하고 잔액을 사업비로 충당하고 있었다.

그들은 수입을 얻어 기금을 조성하는 데 목적이 있지만 회원 간의 친목과 농사 개량에 힘썼다. 봄부터 가을까지 함께 일하며 자주 만나고 일하는 재미와 보람이 크다고 그에게 자랑했다.

"올해는 못자리 개량, 줄 모심기, 비배 관리를 시범적으로 하고 있어요. 농사 개량에 있어서는 이 마을에서 거의 처음으로 이루어진 일이에요. 밭농사는 보리, 콩, 목화 재배가 관행적이었는데 보리는 전부 쌍골보리로 갈았기 때문에 봄에 흙으로 붓을 줄 수가 없었는데요. 외골보리로 파폭을 넓게 갈고 밑거름을 충분히 주고 다음 해 봄에 토입기로 붓을 주고 밟아주고 해서 수확이 갑절로 늘었어요.”

채소는 우수품종의 종자를 공동으로 구입하여 보급하는 식으로 하니까 한층 생산성이 좋아졌다는 자랑이었다.

그는 마을에서 경작회 청년들과 자주 마주쳤다. 경작회 청년들은 공통적으로 배춧빛의 작업복 저고리를 바지저고리 위에다 입고 다녔다. 옷감이 청바지 감과 비슷하다. 그게 그들의 유니폼이었다. 더러움이 잘 안 타고 질기고 주머니가 크고 많아서 작업복으로는 맞춤이라는 것이다.

청년들은 축산과 양잠에도 손을 대어 집마다 액비 구덩이를 콘크리트로 만들었다. 생활 개선 운동도 병행했다. 기존의 나무울타리를 걷어내고 토담을 쌓고 아궁이를 개량했다.

그들이 하는 일 중에 가장 중요하게 여기는 것이 야학이었다.

청년들은 겨울에는 100일 동안 집안 형편으로 학교에 다니지 못하는 사람들에게 공부를 가르쳤다. 그때 보통학교 월사금이 40전으로 쌀 7되 값이나 되니, 쌀 일곱 되면 한

달 양식값이어서 학교에 갈 엄두도 못 내는 사람들이 많았
다. 야학은 돈이 없어 학교에 가지 못하는 이들을 위한 학
교였다.

야학은 초등반, 청장년 반, 부녀 반으로 나누어 가르쳤
다. 야학 학생들은 대개 나이가 많아서 진도가 빨랐다. 공
립 학교에서는 일본어가 주 수업이지만 야학에서는 일본어
를 빼고 국어 산수만 가르쳤다.

야학 선생들은 국어 교과서로 『농민독본』이라는 교재를
썼다. 경상도 울산에 사는 이성환이라는 사람이 편찬한 독
본으로, 160페이지 정도 되었다.

"문맹 타파 계몽용으로 아주 적합하거든요. 그분도 고향
에서 저처럼 계몽 사업을 하는 숨은 운동가이고요."

그가 그 책을 들여다보니 한글 해독은 물론이고 상용한
자의 습득, 역사, 지리, 자연 등 지문이 고루 수록되어 있어
독본 한 권만 잘 배우면 신문도 조금은 읽을 수 있을 것 같
았다.

야학의 선생은 회원들이 교대로 했다. 보수는 방한화 한
켤레가 전부였다.

"오늘부터 우린 술과 담배를 끊기로 했습니다!"
어느 날, 경작회 청년들은 금주 단연을 결의했다.

그들이 마시는 술은 막걸리뿐이고 소주는 없었다. 담배
는 곰방대에 희연3을 피우는 사람이 대부분인데 5전짜리
궐련을 피우는 사람도 더러 있었다. 쌀값이 한 말에 60전
하던 때에 담뱃값이 꽤 비쌌다. 그런저런 셈을 하고 공동체
의 목표를 위하여 단연을 결의한 것이다.

그러던 중에 그를 찾아온 것이다.

"저희를 위해 노래 하나 지어주세요."

거절할 수 없는 요청이었다.

그는 이미 오래전에 노동의 노래를 지어 본 경험이 있었
다.

스무 살 때다. 중국으로 떠나던 가을이다. 그 시는 잡지
에도 실렸다. 현상노동가 모집 공고를 보고 응모한 시였다.

아침 해도 아니 돋은 꽃동산 속에
무엇을 찾고 있나 별의 무리
저녁놀이 붉게 비친 풀 언덕 위에
무엇을 옮기느냐 개아미 떼들

---

3 희연(囍煙): 잘게 썰어 포장한 담배.

이렇게 1절이 시작되고 후렴으로는,

방울방울 흐른 땀으로
불길 같은 우리 피로써
시들어진 무궁화에 물을 뿌리자
한배 님의 끼친 겨레 감열케 하자

이렇게 5절까지 이어지는 노동요였다.

그는 청년들이 부를 노래는 우리나라 애국가 동해물과 백두산 가사를 조금 고쳐 쓰기로 했다. 곡조도 애국가 곡조에 가사만 조금 바꾸었다.

도또 또또 미또 도또 쏠도 도미도.

아침에 새된 기상나팔 소리가 잠을 깨웠다. 나팔 소리를 신호로 배춧빛 노동복을 입은 청년들과 소년들, 마을 중년들 한 오십 명이 운동장에 모여들었다.

아침 체조를 마친 후에는 청년 중 한 사람이 한 가운데 나서서 뽕나무 막대기를 지휘봉 대신 들어 올렸다.

"여러분, 자, 애향가를 부릅시다."

그의 두 팔이 올라갔다가 허공을 가르기 시작하면 마을 청년들은 애향가를 부르기 시작했다.

○○만과 ○○산이 마르고 닳도록

정들고 아름다운 우리 부곡 만세

비바람이 험궂고 물결은 사나워도

피와 땀을 흘려가며 우리 고향 지키세

우리들은 가난하고 힘은 아직 약하나

송백같이 청청하고 바위처럼 버티네!

한 줌 흙도 움켜쥐고 놓치지 말아라

이 목숨이 끊기도록 북돋우며 나가세!

아침마다 그들은 이 노래를 부르며 하루를 시작했다. 원곡은 애상조인데 청년들이 아침에 활기차게 부르니 씩씩한 애향가로 변했다. 청년들은 얼굴에 혈조를 띠고 목에 힘줄을 세우며 부르고 난 뒤에는 왠지 감흥에 젖어 묵묵히 서 있었다.

"매일 부르는 노래지만 부르고 나면 흥이 납니다."

"우리가 일이 있으나 없으나 하루 한 번씩 한 장소에 모인다는 것은 중요한 의식입니다. 한맘 한뜻으로 애향가를 부르며 우리가 살아 있다는 의식을 찾고 용기를 회복하자는 의미입니다."

운동장 구석에서 그는 그들이 하는 말을 듣고 있었다.

이제 그는 글을 쓰다가도 글이 더 쓰이지 않으면 집을 나서 야학당을 찾아갔다.

방에 앉아 있으면 먼 데서 종치는 소리가 들려왔다. 그 소리가 그를 밖으로 이끌었다. 집과 산등성이 하나를 사이에 두고 떨어진 야학당에서 들려오는 소리였다. 바람이 불어오는 저녁에는 아이들이 그리로 떼를 지어 모여가는 소리가 들렸다. 아홉 시 반이면 야학을 파해서 흩어져가며 재잘대는 소리가 들리면서 고요한 시골 밤을 소란스럽게 들썩였다.

야학 청년들은 그동안 교회에서 가르치다가 인원이 자꾸 늘어나니 야학당을 새로 짓겠다고 나섰다. 새로 지은 건물은 토담을 쌓아 어설프게 지은 별채였다. 새 야학당에는 남녀 아동이 팔십 명이나 새로 들어와서 세 반에 나누어 가르치고 있었다. 오 리 밖에 있는 보통학교에도 입학할 형편이 안 되는 극빈층 자녀들이 야학당에 다녔다.

선생들이란 극빈층 부모만큼이나 형편이 좋지 못한 처지로 보통 학교 정도를 마쳤을 뿐인 청년들이지만 그들은 보통 열성이 아니었다. 하룻저녁도 빠지지 않고 야학에 와서 아이들을 가르쳤다. 겨울에는 보리밥을 먹고 보리도 떨어지면 시래기죽을 끓여 먹고 와서 목소리를 높여 글을 가르쳤다.

"서너 시간 동안 칠판 밑에 꼿꼿이 서서 선머슴애들과 여자애와 아귀다툼을 하고 있노라면 나중엔 상체의 피가 다리로 내어 몰리고 허기가 심해져서 나중에는 아이들 얼굴이 돋보기안경을 쓰고 보는 듯한걸요."

학생들을 가르치던 야학 선생은 그가 가면 마침 들어줄 상대를 만나 기쁜지 이런저런 하소연을 늘어놓았다.

야학 선생들의 말을 듣고 집에 와 그는 책상을 마주했다.

'글을 쓴다는 핑계로 직접 도와주질 못하고 배후에서 동정자나 후원자의 노릇을 할 수밖에 없는 것이 내 처지인가. 함께 몸을 던져 기쁨과 슬픔을 나누지 못하고 창백한 지식인의 탄식만 있구나.

골이 아픈 이론보다도 한 가지나마 실행하는 사람을 숭앙하고 싶다. 살살 입살발림만 하고 턱밑의 먼지만 툭툭 털고 앉은 백 명의 이론가 천 명의 예술가보다도 우리에게는 단 한 사람의 농촌 청년이 소중하다. 시래기죽을 먹고 겨우내 '가갸거겨'를 가르치는 것을 천직이나 의무로 여기는 순진한 계몽 운동자는 조선의 영웅이다. 그들이 진정한 영웅이다.

살살 입살발림만 하고 턱밑의 먼지만 툭툭 털고 앉은 백 명의 이론가 천 명의 예술가 중의 한 사람이 바로 나이다.'

그는 스스로에게 묻고 있었다.

첫 시집 출간이 좌절된 후 그가 허전한 마음을 원고지에 갈아 넣다시피 해서 완성한 것은 장편소설 『영원의 미소』였다. 그 소설은 본가 사랑채에 들어앉아 썼다. 이 소설 원고료로 지금의 집을 지어 독립할 수 있었다.

『영원의 미소』는 내용상으로는 『탈춤』의 후속작 격이었다. 『탈춤』이 중편 분량인 데 비해 길이가 5배로 늘어났다. 『영원의 미소』는 33년 7월 10일에 시작하여 1934년 1월 10일까지 〈조선중앙일보〉에 매일 연재되었다.

『탈춤』은 영화 소설이라는 점에서 작품 완성도 면에서는 모호한 점이 있지만 『영원의 미소』는 기법 면에서 몇 단계 나아간 것이었다.

소설의 주된 인물은 병식, 계숙, 수영이고 표면적으로는 남녀 간 애정의 갈등 구도였다.

병식과 계숙은 의남매 간이고 수영과는 친구 간이다. 병식은 계숙을 수영에게 소개하지만 실은 자기도 계숙을 사랑하고 있고 못 이룰 사랑에 고민하다가 이러한 비련에 생활고가 겹쳐 자결하고 마는 인물로 설정했다.

이들 관계에 조경호라는 제3의 인물이 방해자로 뛰어든다. 조경호는 지주의 아들이요, 미국 유학을 하고 온 대학

교수요, 한 가정의 가장인데 파렴치한 방법으로 계숙을 노린다. 백화점 점원을 하는 계숙에게 동경 유학이라는 미끼를 던지고 가까이 유혹해서 겁탈까지 하려고 한다. 연적인 수영이 자기 집 마름의 아들이라는 이유로 모욕적인 핍박을 가하고 나중에는 수영에게 준 소작논까지 빼앗아 간다. 결말에 이르러 수영과 계숙은 농촌행을 결심한다. 소설의 주인공들은 장차 젊음을 바쳐 일할 곳은 농촌뿐이라고 생각한다.

만약 도시에서 살면서 그 소설을 썼다면 소설의 결말은 달라졌을지 모른다. 소설에서 주인공들은 도시에서 농촌으로 향하지만 그 소설은 농촌 소설은 아니었다.

신문 연재가 끝난 후에 그는 한 독자의 편지를 받았다.

작가 선생님께.

매일 선생님의 소설을 잘 읽었습니다. 연재가 끝나니 아쉽습니다.

제가 소설에서 가장 감동을 받은 대목은 결말 부분이었습니다. 수영과 계숙이 도시의 사치와 허영을 버리고 농촌으로 내려가 결혼하고 농촌에 정착할 결심을 하는 그 장면 말입니다. 두 사람은 호미를 들고 희망의 노래를 합창하며 미소를 짓는

데, 이 장면은 그들의 귀농 의지의 승리를 상징하는 듯 보였습니다. 저는 앞으로 이들이 농촌에서 어떤 일을 할지 궁금했습니다. 선생님의 다음 소설은 농촌을 배경으로 쓰이게 될지도 궁금합니다.

그때 아직 새 소설은 눈도 코도 입도 그려지지 않은 상태였다. 그러니 그는 다음 소설의 내용에 대해 아무 대답을 할 수 없었다.

한 가지는 분명했다. 소설의 후속작은 수영과 귀숙이 귀농한 이후의 삶이 그려질 수밖에 없다는 것이다. 그는 귀농한 수영의 삶에 대해서는 당진의 청년들을 모델로 쓸 생각이었다. 늘 어울리고 가까이에서 지켜본 마을 청년이 소설의 주인공이 되어야 했다.

다만, 남자 주인공의 짝이 될 만한 여자 모델이 현실에서 보이지 않았다. 〈먼동이 틀 때〉 영화 촬영 초기에 남자 주연배우는 정해졌는데 여자 주연배우가 정해지지 않았을 때와 비슷한 상황이었다. 요즘 그는 신문이 올 때마다 사회면을 여간 꼼꼼히 보는 것이 아니다. 시골에 있는 그에게 신문은 세상과 연결된 유일한 통로였다.

4장 타오르는 상록수

조선의 나로드니키를 찾아서

어느덧 해가 중천1에 와 있었다. 버스는 다니지 않았다.

황토 먼지가 뒤섞인 봄바람에서 그는 서해 바다 냄새를 맡았다. 바다가 가까운 곳이었다. 소금기와 갈매기 소리를 품은 바람이었다. 바람은 서해로부터 날아와 그의 앞섶을 헤집고 들어와 살결을 간지럽혔다.

'이제 어디로 가지?'

길 잃은 사람처럼 그는 사방을 두리번거렸다.

당진에서 올라와 수원 근처까지 온 것은 한 마을을 찾아가기 위해서였다. 찾아가려는 마을은 지도에 이름조차 없었다.

꽃샘추위가 가시지 않은 변덕스러운 봄바람이 그의 뺨을 스치고 달아났다.

'그래, 마음껏 나를 희롱하거라.'

1중천(中天): 하늘 한복판.

그는 혼자만의 생각을 곱씹으며 씩씩하게 걸어갔다.

제법 걸었는데도 도통 길의 끝이 보이지 않았다.

좌우 논 사이로 신작로가 휑하게 뚫려 있다.

'어째 오가는 사람조차 없을까.'

잎 그늘을 만들어내지 못한 나뭇가지 사이로 까마귀 한 마리가 날아가며 까악까악 소리를 냈다. 봄볕이 쨍하고 내리쬐고 있었다. 멀리서 개가 컹컹 짖고 거름 냄새가 올라왔다.

그는 마른침을 삼켰다. 들 사이로 뻗은 길을 바라보다가,

'나는 무슨 일로 여기까지 왔는가?'

그는 스스로에게 물었다.

반짝거리는 햇빛 사이로 도시에서의 어느 날 기억이 떠오르기 시작했다.

하늘은 회색빛으로 흐리고 겨울바람이 꽤 쌀쌀한 겨울날이었다. 그는 종로의 한 건물 속으로 발을 디뎠다. 신작 시를 발표하곤 했던 삼천리 잡지사가 그 건물로 이사했다는 소식을 듣고 찾아가는 길이었다. 그때 그는 영화감독 일은 접고 신문사로 이직한 상태였다.

정문을 열고 왼쪽 층대를 거쳐 굽은 낭하를 돌아서 한 사

무실 문 앞에 이르렀다. 두 번을 노크했지만 안쪽에서 들어오라는 말이 없었다. 문에 문패가 달리지 않은 것이 보였지만, 별 의심 없이 불쑥 문을 열고 안으로 들어섰다. 들어서고 보니 잡지사가 아니라 여성 연합회 사무실이었다. 젊은 여자가 혼자 앉아 있다가 당황한 빛으로 몸을 일으키면서, 여기서 일을 보시는 총무님은 잠깐 다른 데 가셨으니 조금만 기다리세요, 말하며 그에게 의자를 권했다. 실례했습니다, 등을 돌려 나오는데 그때 막 들어서던 중년 여자가 그에게 아는 척을 했다.

"심대섭 기자님 아니세요? 여긴 웬일이세요?"

인사를 해왔다. 사회부에서 일할 때 몇 번 스치며 안면을 튼 사이였다. 잡지사는 3층이었고 그가 들어선 사무실은 2층이었다.

"여기까지 왔으니 차 한잔하고 가셔요."

뒤돌아 나가려는데 여자 총무가 그를 붙들었다. 눈 내릴 듯 흐린 하늘 아래 쌀쌀한 겨울바람을 맞으며 한참을 걸어온 그였다. 그렇게 붙들린 채, 차를 홀짝홀짝 마시며 얼어붙은 몸을 녹였다. 맞은 편에서 여성들이 주고받는 이야기에 귀를 기울였다.

"지금 무슨 일을 하십니까?"

대화 중에 끼어들어 젊은 여자에게 불쑥 물었을 때,

"학교에도 못 가는 아이들을 모아서 밤낮으로 글을 가르치고, 책 없는 사람에게 책을 읽게 하는 일이지요."

처음에 본 젊은 여자가 그를 바라보며 말했다. 여자는 조용하고 태도는 다소곳했지만 말투에 힘이 있었다. 그를 바라보는 눈빛이 강했다. 그는 여자의 눈에서 깊은 정열을 보았다.

"저는 농촌계몽운동원입니다."

여자는 자신이 하는 일을 그렇게 소개했다.

그날, 어쩌다가 그들의 대화가 만세 시위 얘기까지 흘러갔는지 모른다.

신학교에 다니며 방학 중에는 농촌 계몽 활동을 나간다는 여자는 적극적으로 대화에 끼어들었다.

"그때 모두 들불처럼 일어났지요. 저도 현장을 직접 두 눈으로 보았습니다. 경찰과 헌병들이 평화적인 시위대를 잔인하고 무참하게 짓밟는 현장을요. 너무나 잔인한 광경이었습니다. 저는 겨우 열한 살이었어요. 그 모든 광경이 그저 무섭기만 했어요. 어떤 행동을 하기에는 아직 너무 어린 나이였지요. 하지만 어린 마음에도 왜 일경들이 저토록 잔인한 행동을 하는지 이해할 수 없었습니다. 그게 저에겐

민족이 처한 상황을 미약하게나마 인식하게 된 첫 경험이
었어요.”

여자의 말을 들으며 그의 머릿속을 스치는 기억이 있었
다.

봄이 되면 신문에는 여자 고등보통학교 졸업생 특집을
실었다. 그해에 졸업한 전체 스무 명도 안 되는 졸업생 중
에서 학교에서 추천을 받은 네 명의 여학생이 신문에 실렸
다. 4월의 지면에 검은 저고리를 입은 여학생들의 사진과
나란히 한 여학생의 글이 실렸다. 문학에 소질이 있는 학생
이라는 담임선생의 추천을 받은 여학생의 글이었다. 그는
여느 때처럼 글을 보다가 그 글에 눈이 머물렀다.

자신의 진로는 농촌이라고 밝히는 여학생의 글이었다.
글을 읽는데 머릿속으로 반짝, 기억의 환등이 켜지는 것이
다. 기미년의 거리에서 만세 소리 함성과 함께 태극기를 흔
들며 달리고 있을 때 서소문 근처에서 언덕을 쏟아져 내려
오던 여자들이 떠오르는 순간이었다. 봉선화 같은 그들의
몸을 뚫고 터져 나오는 그 당당한 목소리. 그 목소리를 닮
은 글이었다.

그즈음 온 나라에 불어닥친 바람은 브나로드운동이었다.
먼저 ‘아는 것이 힘, 배워야 산다’는 표어를 걸고 조선일보

가 먼저 문자보급운동에 나서더니 뒤따라 동아일보가 브나로드 운동에 뛰어들었다.

배워야 한다는 것과 알아야 한다는 진리. 그것은 세기가 변하고 역사가 변해도 불변의 진리일 터였다.

일찌감치 세종대왕은 훈민정음을 만들어 글 모르는 백성들이 문맹에서 벗어나길 원했었다. 그러나 그로부터 긴 세월이 흐르도록 한자는 물론이고 언문이라고 격하하는 훈민정음조차 단 한 글자도 모르는 이가 전체 민중의 열 명 중 여덟, 아홉이니 세종대왕이 알면 기막힌 현실이었다. 반만년이란 긴 역사를 가지고도 진리를 깨닫지 못하고 있던 민족은 브나로드 바람 속에서 긴 잠에서 깨어나고 있었다. 누군가는 브나로드운동을 조선의 르네상스 운동이라고 말하기도 했다.

사회주의, 민족주의 운동가들뿐만 아니라 천도교, 기독교 등의 종교단체, 그리고 학생들이 모두 브나로드운동에 뛰어들었다.

원래 브나로드는 러시아에서 온 말이었다. 제정 러시아 말기의 지식인들은 '민중 속으로 들어가자'는 슬로건을 내걸고 농민·노동자와 함께 생활했다. 그들은 민중을 계몽의 대상으로 보았다. 지식인이 앞장서 농민, 노동자를 계몽할 때 운동의 기반도 마련될 것이라는 생각이 바탕에 깔린 운동이었다.

그들 중 운동에 가장 적극적으로 참여한 것은 학생들이었다. 학생들은 6·10만세운동과 광주학생운동을 통해 동맹 휴교, 시위, 비밀 독서회, 반제동맹 등의 경험을 가지고 있었고 브나로드 운동을 민족적·사회적 상황을 각성시키는 수단으로 받아들였다.

"알아야 하고 그러기 위해 배워야 합니다. 이제 배움에 대한 갈망은 중요한 사회적 문제가 되었습니다. 전국적으로 계몽단체가 조직되었고 단체들은 저마다 야학, 강습소를 설립했습니다. 그런 열풍에도 중등교육을 받는 것은 극소수의 여성에게만 부여된 기회였지요. 그런데 고등 교육을 받고 사회에 나온 여성들을 대하는 세상 사람들의 시선이란 참 속물적이에요. 행복한 결혼과 유학, 출세가 보장되어 있다는 식으로만 보니 말입니다."

"저는 결코 화려한 도시 생활을 동경하고 안일의 생활을 꿈꾸는 사람이 되고 싶지 않았어요."

"우리의 가장 무서운 적은 일본 제국이 아니라 무지입니다. 우리의 나라는 농업국가입니다. 국민의 9할이 농민입니다. 깨어 있는 사람이라면 농촌이 얼마나 어려운 지

경인지 누구라도 금방 깨닫지 않을 수 없습니다.”

“교육받은 여성들이 농촌을 위하여 몸을 바치는 이가 드물어요. 이제 여성도 농촌의 발전을 위해 분투해야 합니다. 농촌이 어둠 속에서 걸어 나오지 못한다면, 이 사회는 어느 때까지든지 완전한 발전을 이루지 못할 겁니다. 농촌 여성의 향상은 우리들의 책임임을 알아야 해요. 중등교육을 받은 우리가 화려한 도시 생활만 동경하고 안일의 생활만 꿈꾸어야 옳겠습니까?”

“저는 제가 가야 할 곳을 처음부터 알았습니다. 많이 배운 사람들이 공장으로 향하고 농촌에 투신하는 것. 그것은 아름다운 선택이지 않을까요? 저는 저의 선택을 후회하지 않습니다. 연애하는 데 소모하거나 결혼 생활이나 개인의 향락을 위해서 내 시간을 허비하지 않아요. 다만 해야 할 일에 비해 몸이 약해서 안타까워요. 요즘은 몸이 열 개라도 모자랍니다.”

각지에 파견된 계몽대원들은 매년 여름방학이 시작되는 7월 중순부터 9월 말까지를 운동의 시행 기간으로 삼았다.

화려한 도시 생활을 누리거나 유학을 가거나 행복한 결혼이거나 그 어느 쪽으로든 선택해 인생을 펼쳐나가고 있을 친구들과는 다른 선택을 한 여성들이 그날 그의 눈앞에 있었다.

그는 여성들의 대화에서 어머니를 떠올리고 아내를 떠올렸다. 그는 어머니 이름을 알지 못했다. 아버지는 이름 석 자가 분명했지만 어머니는 태어나서부터 지금까지 그저 윤씨일 뿐이었다. 조선의 여자들은 이름을 갖지 못한 채로 살았다. 조선 사회는 남성 중심 사회이고 남존여비라는 유교적 전통이 뿌리 깊은 사회였다. 개화한 세상에서도 학교에 다니고 고등교육까지 받는 여성은 극소수였다. 보통학교 이상의 교육을 받는 특히 여자고등보통학교 졸업생들은 전체 숫자로 보면 0.5 퍼센트 미만이었다. 그들은 학교를 졸업 후에는 유학을 가거나 상류층 자제와 혼인했다. 그런 속에서 농촌 계몽운동에 나선 여자들은 선각자 중에서도 선각자였다.

그는 차를 다 마시고 일어났다. 인사를 나눈 후 여성 협회 사무실을 나와 3층으로 올라갔다. 뒤늦게 조금 전 함께 대화를 나눈 여성 운동가의 이름을 묻지 않는 것을 깨닫고 아쉬움을 느꼈다.

우편배달부가 신문을 가져왔을 때 그는 가장 먼저 연재소설부터 읽었다. 삽화도 유심히 보는데 그즈음 연재되는 소설 삽화는 친구가 그린 것이어서 특히 관심이 갔다.

소설을 다 읽으면 눈은 문예란으로 옮겨갔다. 새로 나온 책과 최근 개봉한 영화에 대한 소평이나 가십 기사가 실리므로 하나라도 놓칠 수 없었다.

그의 눈은 마지막으로 사회면을 향했다. 사회면에는 소설이나 희곡의 재료가 될 만한 기삿거리가 숨어 있어서 그가 절대로 놓칠 수 없는 지면이었다.

기사를 훑어 내리던 그의 눈이 문득 멈추었다.

'조선의 선각자, 최 양 별세.'

농촌 계발과 무산 아동의 문맹을 퇴치하고자 강습소를 설립하고 농촌 부녀들의 문맹 퇴치와 무산 아동 교육에 노력하던 한 젊은 여성의 죽음을 알리는 기사였다.

수원 지역에서 농촌계몽 지도자로 일하던 여자의 나이는 26세이고 고향은 원산이었다. 군내 지도에 이름조차 없는 벽촌을 스스로 찾아와 쓰러지는 순간까지 일했다고 한다.

그때 그의 머릿속에 번뜩 지나가는 것이 있었다. 며칠 후 그는 집을 나섰다. 여자가 일했던 마을을 직접 찾아가 자세한 사정을 알고 싶었다.

지도에도 없는 마을이었다.

"어딜 찾는다고요?"

우편소 직원이 물었다. 동네 지리를 파악하기 위해 역에서 내려 먼저 찾아간 곳이 우편소였다. 나긋나긋한 인상을 주는 젊은 사람이 그의 설명을 듣더니 이내,

"거기는 제가 격일해서 가는데요."

"격일해서요?"

격일까지 해서 배달하는 구역이 있다는 말을 듣고 그는 놀랐다.

배달부는 무슨 일이냐고 물어왔다. 신문에서 본 대로 말하자 그는,

"아, 최 선생님을 알아보러 가신다고요?"

얼굴이 환해졌다.

"그분을 잘 아십니까?"

"알고말구요. 훌륭한 분이시지요. 그런 사람 처음 봤습니다."

그때 시내 배달을 끝내고 들어온 배달부까지 섞여서 최양의 이야기를 입에 올렸다.

"바로 작년 겨울이군요. 소포가 많아서 밤늦게 우편을 가지고 가니까 한사코 들어오라더니 밥을 데우고 국을 끓이고 해서 먹으라고 하겠지요."

한 사람이 끝내자 또 한 사람이 맞장구를 쳤다.

"나도 여러 번 당했는걸. 그래서 어떤 때는 미안해서 편지 받으십시오! 하고 고함을 치고 나오기도 했었어!"

우편소를 나온 그는 논두렁 사이로 접어들었다. 앞에서는 산, 좌우로는 논밭이 펼쳐지는 길이다. 구불구불한 길을 따라 한참 걸었다. 마른나무 사이로 띄엄띄엄 선 초가집 들이 눈에 들어온 순간이었다.

'가족과 떨어져 혼자 이런 벽촌에 올 때 무섭지 않았을까.'

그는 마을 야학 청년들을 떠올렸다. 아침마다 애향가를 부르면서 기운을 북돋우고 낮에는 일을 가리지 않고 하고 밤에는 아이들을 교대로 가르치는 그들의 열정은 지켜보는 것만으로도 가슴을 뜨겁게 했다. 그런 순수한 열정은 무섭도록 지독한 것이다. 그는 마을 청년들에게서 스무 살 때 상하이에서 만난 친구들의 모습을 떠올리며 함께 가슴이 뜨거워지곤 했다.

한참을 걸어가자 길의 끝으로 잔디 덮인 산이 나타났다. 이윽고 소나무 사이로 납작납작한 묘들이 죽 깔린 곳에 이르렀다. 그는 수많은 고총들 사이를 걸어갔다.

고총들은 인간은 한 줌의 흙덩어리로 돌아간다는 것을 깨우쳐주듯 쓸쓸했다. 산등성이에 올라서자 올망졸망한 초가집들이 보였다. 저 사람들이 사는 집 또한 또한 죽어서 묻히는 묘보다 무엇이 나으랴 싶게 비애감을 일으키는 풍경이었다. 동네 가운데 들어서니 더 쓸쓸한 기가 돌았다. 걸어갈수록 빈촌이며 한촌이었다. 드문드문 보이는 농가는 한눈에 보기에도 황폐했다.

'이런 오지에 스스로 찾아와서 그토록 열심히 일했구나.'

직접 와서 보지 않으면 이런 감정을 느끼지 못했을 것 같다.

또 하나의 산잔등을 겨우 넘으니 비로소 아담스러운 새 집 한 채가 나타났다. 널따란 운동장이며 유리창. 보기만 해도 그것이 학교라는 것을 짐작하게 했다. 비록 초가일망정 깨끗하고 아담했다. 운동장 넓이도 500평은 됨직하고 운동장 구석에는 철봉까지 시설해 놓았다.

"취재를 하러 오셨다구요? 고맙습니다."

후임으로 와 있는 여교사가 그를 반겼다. 그는 교실 안으로 들어섰다. 벽에 칠한 회가 아직도 새하얗게 보였다.

"선생님이 구두도 던지고 짚신이나 고무신을 신고 오늘은 이 동리 내일은 저 동리 산을 넘고 논길을 헤매며 기금을 모집해서 지은 교실이지요."

교단 맞은편 벽에 붉은 잉크로 선생이 써 붙인 듯한 몇 조각의 표어가 먼저 보였다.

'갱생2의 광명은 농촌으로부터!'

'아는 것이 힘, 배워야 산다.'

'우리의 가장 큰 적은 무지다.'

'일하기 싫은 사람은 먹지도 말라.'

'우리를 살릴 사람은, 결국 우리뿐이다.'

그 옆에 자수 한 틀이 걸려 있었다.

솔과 학을 수놓은 자수였다. 그는 자수 앞으로 다가갔다.

"선생이 직접 수놓은 거랍니다."

솔과 학이라. 그는 자수를 한참 들여다보았다. 푸른 솔과 고고한 학의 모습은 그것을 수놓은 한 사람의 영혼을 담고 있는 듯했다.

"저기 보이는 것이 최 선생님 묘입니다."

여교사의 목소리에 고개를 돌리니 창밖을 가리키고 있었다. 교실 창문 너머로 봉분이 보였다.

---

2 갱생(更生): 생활 태도나 정신이 본디의 바람직한 상태로 되돌아가는 것.

그는 밖으로 걸어 나왔다. 조성된 지 얼마 안 되어 흙무덤이었다. 무덤 앞에 서서 고개를 조아리고 있었다.

여선생이 학생을 보내 최 선생의 이야기를 잘 아는 마을 노인을 모시고 왔다.

"작가 선생이신가? 최 선생 얘기는 내가 제일 잘 아오."

이제 노인의 입에서 누에 실 뽑히듯 그녀 이야기가 흘러나왔다.

"4년 전인가. 어느 날 얼굴이 읽은 젊은 여자 하나가 부인 몇 사람과 찾아왔어요. 자기가 이 지방을 위하여 작은 힘이나 몸 바쳐 일해보고자 하니 도와달라더군요. 나는 산전수전 사회의 풍파를 다 겪고 맛봐서, 무엇을 한다는 사람에게 아주 신물이 난 터에 세상 물정 모르는 처녀애가 와서 그런 말을 늘어놓으니 처음엔 기가 막혀서 겉으로는 예를 다 했지만 속마음은 난다 긴다 하는 사람도 농촌에 와서 실적을 못 내는 이 시절에 너 같은 계집애가 뭘 해 보겠다고 덤비느냐, 솔직히 경멸하는 마음이었습니다. 그런데 그 처녀는 농촌 일을 하겠다고 다니던 학교도 그만두고 왔다는 거예요……. 나는 태어나 그렇게 순수하고 헌신적인 사람은 처음 보았지요."

전해지는 이야기

그녀의 생김새는 전통적인 조선 미녀상이었다. 또래 여자들보다 키가 컸고 시원한 윤곽의 얼굴에 날이 선 긴 콧날, 굳게 다문 입은 야무지고 똑똑한 성격을 드러냈다. 다만 어릴 때 천연두를 앓은 후 생긴 마마 자국이 얼굴 전체와 몸뚱이, 정강이까지 자국이 있었다. 어려서는 그 마마 자국이 내내 콤플렉스였다.

명사십리와 해당화로 유명한 해안가의 마을, 두남리. 그녀가 태어난 곳이다. 숲과 바다가 잘 어우러져 한 폭의 그림 같고 늘 안온하고 평화로운 분위기가 가득한 고요한 동네였다. 동양의 나폴리로 불릴 만큼 아름다운 항구인 원산과 멀지 않은 거리였다. 두남리에는 원산보다 일찍 기독교가 전해졌다.

그녀의 집안은 모두 독실한 기독교 신자였다. 할아버지 때부터 일요일엔 꼭 교회에 가는 것이 집안의 법도였다.

그녀는 마마를 앓기 전에는 친구들과 잘 어울렸지만 마마를 앓은 후에는 자꾸 말수가 줄고 친구들과도 거리를 두었다. 사람 많은 곳은 가고 싶지 않기에 교회 가는 것도 꺼려졌다.

"자, 예배당 갈 시간에 여태 무스기래?"

교회 갈 시간이 다 되어 부모가 옆에서 채근해도 어린 그녀는 거울 앞에서 얼굴을 들여다보며 늑장을 부렸다. 차림새는 동정을 새로 단 흰 저고리와 곱게 다린 검정 치마로 단아하게 차려입었지만 교회 갈 마음은 달아났다.

"나는 안 갈라오."

어린 그녀는 시무룩한 얼굴이었다.

"마마자국 때문이네?"

그 말엔 대꾸하기 싫어서 머리를 수그렸다.

"하나님은 마맛자국 같은 외모보담 맘을 보시는 걸 잘 알잖네?"

"사람이 많잖소? 사람 많은 덴 가기 싫슴매."

"사람 볼라 감네? 하나님 보러 가는 거 아님네?"

분명 교회 갈 때까지 그치지 않을 작정으로 닦달하는 엄마였기에 그녀는 따라나서면서 불만스러운 마음이 들었다. 굳게 다문 입. 그 얼굴이 영영 굳어져 갔다.

마맛자국으로 인해 친하게 지내던 친구들이 떨어져 나갔고 그래서 어린 그녀는 늘 고독했다. 그러나 잃은 것만 있었던 것은 아니었다. 그녀는 잠깐 만나고 헤어지는 친구보다 더 오래 만날 수 있는 친구를 찾아냈다. 그건 책과 공부였다. 공부는 탈출구를 만들어줬다. 책을 읽고 공부할 때는 마마는 생각나지 않았다. 그녀는 공부를 열심히 하면서 자신을 괴롭힌 마마 콤플렉스에서 벗어났다.

그녀의 선조는 사재를 들여 사립학교를 지은 선각자였다. 그들은 교육으로 기우는 나라를 구하려고 애쓴 구국 교육가의 길을 걸었다. 그녀의 아버지는 신교육 활성화를 위한 누구보다 애쓴 사람이었다. 그녀가 고등교육을 받은 것은 아버지가 뒷바라지한 덕분이었다.

아버지는 그녀가 열 살이 되자 선교사가 운영하는 원산의 학교로 전학을 시켰다. 그녀는 그때부터 10리를 걸어 다니며 통학했다. 당시는 모두 한결같이 가난하고 굶주린 때였다. 다른 부모들이 딸은 학교에 보내지 않고 학교에 가도 보통학교를 졸업하는 것으로 그쳤지만 그녀는 고등보통학교로 진학했다.

여학교에서 그녀는 한 여자 교목을 만났다. 그는 신학교 졸업반이자 미래의 목자였다. 그는 사춘기 소녀였던 그녀의 정신 성장에 중요한 역할을 했다. 일상적 고뇌와 의문에 대해 상담하고 신앙적으로도 의지가 되는 사람이었다.

“왜 교회에서는 하느님이 아니고 하나님이라 말하나요?”

그녀가 그를 만나고 처음 질문한 말이었다.

“하느님은 하늘이라는, 즉 수신, 목신, 산신과 같이 존재하는 영역의 고유명을 칭한 것이다. 하나님은 온 세상에 단 한 분만을 의미하는 하나님이다. 즉 스카이, 하늘의 하느님이 아니라, 모든 공간과 시간에 존재하는, 단 하나뿐인 신, 절대자란 뜻이지.”

감리교단은 여자신학교를 창설하여 여학교 졸업자들에게 여성 목회자의 길을 열어주려 했다. 교목이 그녀를 이끌었다.

“신학교에서 들어가 신학 공부를 이어가면 어때?”

그녀는 교목이 나온 신학교에 진학하기로 결심했다.

졸업을 앞두고 담임선생이 그녀를 불렀다.

“사회에서 무슨 일을 하고 싶어?”

“선생님, 저는 농촌에 들어가서 일하겠습니다.”

“너는 이 사회에서 흔치 않은 수재 중의 수재다. 그리고 지금 너와 같은 생각을 하는 여성도 드물다. 너의 생각을 글로 한 번 써 보면 어떻겠니? 신문사에서 글 잘 쓰는 여학생을 추천해달라고 하는데 우리 여학교에서 글을 제일 잘 쓰는 아이는 너야. 그래서 너를 추천하려고 해.”

선생으로부터 뜻밖의 제안을 받은 그녀는 집으로 돌아왔다. 그날 밤엔 좀처럼 잠이 오지 않았다.

동기 친구들이 벌써 혼처가 정해져서 새로 꾸릴 가정에 대해 꿈꾸고 환상을 그려보는 밤에 그녀는 커다란 물음을 앞에 두고 머릿속 생각을 어떻게 글로 옮길 것인가, 생각이 많았다.

'이 사회는 무엇을 요구하며 또 누구를 찾는가?'

그것은 자신에게 던지는 질문이면서 곧 세상에 던지는 질문이었다. 문답이라는 형식을 취하자 글의 실마리가 풀려나갔다.

그녀는 비소로 펜을 들었다.

"수일에 불과하여 중등 학업은 기쁨도 있으려니와 반면에 애련한 느낌도 없지 않다. 인연 깊고 정 쌓인 루시 동산을 떠나게 되니 형편과 처지가 다 같은 우리들은 새로운 희망과 포부를 가졌으리라. 우리 앞에 길이 평탄하다고는 도저히 믿을 수 없는 바이다. 그것은 사회가 부족한 점과 결함된 곳이 많은 까닭이다.

사회는 새 교육을 받은 새 일꾼을 요구한다. 더욱 현대 중등교육을 받고 나오는 여성을 가장 요구하는 줄 안다. 이는 여성이 다소의 노력과 활동이 있었으나 이는 큰 성과를 얻지 못하였다. 이것은 남성들의 노력과 활동이 부족하기 때문만이 아니다. 원래 사회는 남녀 양성으로 이루어진 것이다. 예로부터 우리 조선 여성들은 5천 년 동안 어둠 속에 갇히어 사회의 자세는 고사하고 자기들의 개성조차 망각하고 말았다. 이로 보아 남녀 양성으로 이루어진 이 사회가 남성만의 활동과 노력만으로써 원만한 발전을 기대할 수 없음을 알 것이다.

여기에 교육받은 여성들이 자진하여 자기들의 책임의 분을 지고 분투한다면 비로소 완전한 사회가 건설될 줄로 믿는다. 중등교육을 마친 우리들은 각각 자기 이상을 향하여 각자 최선의 노력을 다하지 않으면 안 될 것이다. 이제 그 활동의 첫 계단은 무엇보다 농촌 여성의 지도이다. 농촌에서 자란 나는 현 농촌의 상황을 알고 있다……."

그녀는 잠깐 펜을 내려놓고 숨을 크게 몰아쉬었다. 중요한 대목을 앞두고 있었다.

"중등교육을 받은 우리가 화려한 도시 생활만 동경하고 안일의 생활만 꿈꾸어야 옳을 것인가, 농촌으로 돌아가 문맹 퇴치에 노력해야 옳을 것인가? 거듭 말하노니 우리는 서로 손을 잡고 농촌으로 달려가자."

글을 마친 날은 3월 5일이었다. 이제 그 글을 신문사에 보낼 참이었다. 그녀는 글을 마치자 이제 만물이 소생하는 봄이라는 것을 비로소 느낄 수 있었다. 봄, 여름, 가을처럼 전개될 앞으로의 날들을 그려보았다. 그러자 가슴이 뛰기 시작했다.

다만 내내 마음에 걸리는 일이 있었다. 그녀에게는 약혼자가 있었다.

고향 개울의 빨래터에서 들은 고백을 떠올릴 때마다 그녀의 심장은 뜨거워졌다.

'그이를 어쩌면 좋을까.'

어린 시절부터 함께 자란 남자가 어느 날 그녀를 불러내더니 좀 걷자고 했다. 한참을 걷다가 멈추고 바윗돌 위에 앉히더니 자신은 두어 발짝 떨어진 돌 위에 마주 앉았다. 무슨 말을 하려는지 마른침을 삼키며 좀처럼 말을 못 하고 뜸을 들였다. 그녀도 평소와 다른 분위기에 긴장하며 기다려주었다. 남자가 상기된 얼굴로 입을 열었다.

"저는 당신을, 좋아, 아니 사랑합니다. 저는 당신 없이 살수가 없습니다. 목숨을 걸어도 좋을 만큼 사랑합니다. 나의 아내가 되어주십시오."

뜻밖의 청혼에 당황스러우면서도 싫지 않았다. 자신보다 세 살이 어렸지만 생각이 깊고 늘 한결같고 듬직한 남자였다.

남자는 오래전부터 그녀에게 끌렸다. 그의 눈에 비친 그녀는 얼굴은 읽었지만 나중에는 얼굴의 읽음이 보이지 않을 정도로 아름답게 느껴지는 사람이었다. 외모가 예쁜 사람은 길거리에서도 더러 보았지만, 그녀처럼 의지가 굳어 보이는 여자는 본 적이 없었다. 총명함, 굳센 믿음, 지혜로움, 아름다운 마음씨, 훌륭한 이상을 가진, 세상에 드문 여자였다. 남자는 평생을 같이할 사람을 찾아냈다는 확신이 들었다.

'앞으로 이런 여자는 어디서도 절대 못 만날 것이다.'

그래서 절대 놓치고 싶지 않은 마음에 고백하기로 했다. 그녀는 남자의 순정이 진심임을 온몸으로 느낄 수 있었다. 청혼을 거절하고 싶지 않으나 당장 그의 청혼을 들어줄 수는 없었다.

"지금 난 연애니, 결혼이니 하는 문제를 생각할 때가 아니에요. 무엇보다 우리 맘으로만 결혼할 수 있는 것도 아니고요. 왜냐하면……."

두 사람이 혼인을 하려면 집안 어른들의 허락을 받아야 하는데 그게 호락호락한 문제가 아니었다. 여자의 집안에서는 남자 쪽이 문벌이 기운다는 이유로 완강히 반대했다. 특히 그녀의 총기와 재능을 아끼는 큰아버지가 반대했다.

“큰아버지, 지금은 조선 사회처럼 귀천을 따지는 신분제 사회도 아닌데 사람을 제일 중요하게 생각해 주세요.”

그녀는 큰아버지를 설득했다. 일단 약혼을 먼저 하고 결혼은 공부를 다 마치고 하기로 혼인을 미뤄두었다.

학교를 졸업한 그녀는 교목의 권유대로 먼저 신학교에 입학했다.

어느 날, 그녀를 총애하는 지도 교수가 불렀다.

“지금 너를 필요로 하는 곳이 있으니 가서 일을 좀 해줘야겠다.”

그녀의 부임지는 수원 근처에 있는 벽촌 마을이었다. 기차역에서 내려서도 20리 길이었다. 고향에서 멀리 떨어진 오지 마을. 언덕에 올라서면 앞으로 바닷물이 드나드는 포구가 멀찍이 보이고 주위에는 붉은 산이 에워싸고 울창한 솔밭이 곳곳에 있는 작은 언덕 아래 20호가 될락 말락 했다. 근방에 있는 작은 마을 중에서도 가장 가난한 마을이었다. 서해 쪽에서 마을로 불어오는 바닷바람은 해마다 쓸쓸함을 더하고 해마다 한결같은 가난은 아무런 변화 없는 세월과 함께 마을 위를 흘러갔다. 마을 사람들은 태어나서 죽을 때까지 농사를 짓고 가난하게 살다가 무기력하게 죽어갔다.

그녀는 마을에 도착한 날 밤 기도했다.

"초 한 대처럼 몸과 마음을 남김없이 이곳에서 태우겠습니다."

다음 날부터 그녀는 마을 사람들을 찾아다녔다.

"세상이 변하고 있습니다. 여성도 공부해야 변화하는 세상을 살아갈 수 있습니다. 그래서 저도 배우려고 학교를 다녔습니다. 글을 모르면 억울한 일이 많이 생깁니다. 글을 모르는 분께 글을 가르쳐 드리겠습니다. 학교에 오십시오."

집마다 방문하여 그녀는 말했다.

"여자가 글은 배워서 뭣에 씁니까? 얌전히 살림이나 배웠다가 시집이나 가면 그만입니다."

"암탉이 울면 집안이 망한다는 말도 있는데."

이렇게 사람을 앞에 두고 대놓고 무시하는 남성을 만나면 그녀는 참지 않았다.

"이보세요, 암탉이라니요? 남자를 수캐라 부르면 듣기 좋아요? 여성비하는 앞으로 하지 마시요! 그리고 그 암탉 말입니다. 그게 명성황후님을 시해한 왜놈들이 퍼트린 그릇된 미신이라는 거 아세요? 조선 역사, 그 위로 고려 역사에서도 신분 차별이나 남녀 구분은 했어도 성차별과 비하는 없었습니다!"

똑 부러지게 대드니 남성은 반박을 못 하고 얼굴이 벌개졌다.

"선생님, 어제는 제 속이 후련했네유."

그 꼴을 옆에서 보던 남성의 아내가 다음 날 찾아와 그녀의 손을 덥석 잡더니 말했다. 나중에 마을 여자가 교회에와 앉아 있으면 남편이 난입하여 자기 부인의 머리채를 잡아 끌어내며 욕설과 폭력을 해댔다. 그때 그녀는 달려가 남성의 멱살을 잡았다. 그녀는 두려울 것이 없었다. 일꾼이면서 투사였다. 용감하고 악착같고 집요했다. 사십, 오십 리를 걸어 다니며 밤낮으로 사람들을 만나며 설득하고 또 설득하는 일을 포기하지 않았다.

처음 보는 타관 사람, 그것도 계집애라고 무시하는 냉소와 호기심과 인식을 바꾸려면 자신을 필요로 하는 사람으로 인식시키는 일밖에 없었다.

그녀는 아이들을 모아 가르치며 추석 명절 학예회를 준비했다. 여러 날 벼르고 벼르며 준비한 후 마을 사람들을 초대했다.

읍까지 50리길, 담배 하나 사려고 해도 5마장은 걸어야 하는 산간벽지에서 위안거리에 굶주린 그네들이었다. 사철 동이를 이고 논 귀퉁이의 샘가로 물을 길으러 다니고, 이웃

집에 마실을 다녀 본 것밖에 구경을 나서 보지 못한 남녀노소가 좋은 구경거리가 있는가, 많이들 모였다.

그녀는 커다란 남포를 켜고 검정 장막을 내린 후 동네에 있는 멍석과 가마니를 앞에 깐 가설무대를 크게 만들었다.

목각종 치는 소리와 함께 손풍금 소리를 따라 공작새처럼 색색이 복색을 한 계집애들이 나와서 연습한 동요를 부르기 시작했다. 늘 홑고쟁이를 입고 다니던 딸내미가 연분홍 치마저고리를 입고 나와서 유희를 해가며 가냘픈 목소리로 노래하니, 그간 구경한 일 없던 무대와 뜻하지 않은 아이들의 재능 잔치에 촌로들 눈이 금세 휘둥그레졌다.

"평생 처음 구경해 보네."

"우리 아가들이 선녀가 되었네."

1부, 2부 순서로 연극과 독창과 무용이 펼쳐지고 아이들이 나와서 무대 위와 아래로 가지런히 벌려 서서 일제히 목청을 높여 합창했다.

삼천리 반도 금수강산 하나님이 주신 내 동산. 일하러 가세! 일하러 가!

마지막 순서로 무대에 나와 그녀는 호소했다.

"오늘 저녁에 여러분께서 많이 와주셔서 감사합니다. 우리들이 참 살기가 어려운 현실입니다. 살기는 구차하지만,

날마다 열심으로 배우면 이렇게 창가도 하고 유희도 할 줄 압니다. 배우고 익히면 여러분의 자녀들은 세계 어느 나라에 갖다 놓아도 손색이 없는 아이들입니다. 다만 가르치지 못해서 흙 속에 묻힌 옥처럼 광채를 내지 못하고 있을 뿐입니다. 우리 민족이 오늘날, 이 고통을 겪는 것도 배우지 못했기 때문입니다.”

그날 마을 사람들은 아이들의 공연 무대에 감격하고 그녀의 연설에 감동했다. 어린 처녀애가 나서는 일이라고 무시하던 것을 반성했다. 그녀에 대한 냉소를 완전히 거두었다.

그녀는 한 푼 두 푼 기금을 모아서 학교를 지을 준비에 들어갔다.

학교 터는 온 동리가 내려다보이는 예배당 맞은쪽 언덕에다가 잡았다.

집터를 닦는 날에는 그녀가 앞장을 섰다. 남자들도 서서 구경하는 앞에서 지게를 지고 다니며 주춧돌을 나르고 흙을 져다 부었다. 그것은 한 사람의 품삯이라도 절약하기 위한 목적도 있고 소극적인 사람들을 끌어들이려는 솔선수범이기도 했다.

달밤을 이용해서 모래를 나르고 들것을 만들어서 시냇가의 모래와 자갈을 밤늦도록 나르기를 여러 날. 기운 좋은 남자도 힘이 드는 일을 밤과 낮으로 하니 동네 사람들도 보다 못해 거들기 시작했다.

여러 사람이 도와서 두 달 만에 학교가 지어졌다. 가장 돈이 많이 드는 내부는 손을 대지 못하고 창에 유리도 끼지 못하였지만, 마루까지 깔아놓고 아이들을 오라고 하니, 아이들은 벽이 마르기 전부터 모여들어 우리 속에서 뛰어나온 토끼처럼 넓은 마루에서 깡충깡충 뛰고 미끄럼을 타고 뜀박질을 하다 못해서, 펄떡펄떡 재주를 넘으며 좋아서 어쩔 줄을 몰라 했다. 그 모습을 보며 그녀는 기쁜 눈물을 흘렸다.

낮에는 주학, 밤에는 야학, 토요일 오후와 일요일에는 근처 마을을 출장 다니며 교습을 하러 다닌 결과 근동에서는 거의 전부가 문맹에서 벗어났다.

그녀의 활동은 일경의 감시를 받고 있었다. 일경은 브나로드 운동의 참여자가 민족적 불온 언사를 지껄였다고 못마땅하게 보았다. 치안 상황 보고서를 수시로 올리며 강습회를 단속했다.

"아주 지독한 여자가 왔네."

"그래봤자 얼마나 가겠는가."

"무슨 소리? 유관순 얘기 못 들었어? 지독한 것들이야."

“예배당서 애들하고나 노는데 뭐가 무섭나?”

“한글인가 그 언문을 강습한다는데 얼마나 지독한지 잠도 안 자고 밤새 글을 가르치러 다닌다네. 강습소의 정원을 60명으로 제한을 두고 허가를 내주었는데 글만 가르치면 또 몰라. 겉으로는 강습이지 속으로는 운동인 거지.”

“그러다가 유관순 꼴 나려고? 온 세상에 알려져서 성자 만들 셈이야?”

일경들에게 그녀는 점차 눈엣가시였다. 그들은 그녀의 활동이 겉으로는 문맹 타파지만 속은 민족운동이라고 여겼다.

‘나의 맥박이 그칠 순간까지. 내 몸은 조선을 위해서 생긴 것이다. 일하다 죽은들 무엇이 슬프랴.’

핍박이 강해질수록 그녀의 의지는 활활 타올랐다.

그녀가 교단에서 더 지탱할 힘이 없어 쓰러졌을 때는 이미 중태였다.

“여기 일을 어째요?”

쓰러진 후에도 그녀는 걱정했다.

“큰 병원으로 가는 게 좋겠어요.”

“아니, 아니. 여기 있어야 해요.”

그녀는 마을을 떠나지 않겠다고 고집을 피웠다.

방에서 배를 움켜쥐고 앓는 소리를 내며 끙끙대며 참고
만 지내며 병세가 나날이 심해지자 학부형들이 모여 의논
했다. 도립병원에 입원을 시키기로 결정하고 병원비를 거
뒀다. 학교 기금 모집할 때 모르는 체하던 사람들도 이때는
치료비를 내는 일에 거들었다.

수술대에 올랐을 때 의사들은 배를 열어보니 창자에 창
자가 꼬여 들어간 상태였다. 꼬이고 상한 장을 끊어 내고
다시 잇는 큰 수술이니 피가 필요했다. 오빠들이 달려왔다.

"나 알아보갔니?"

오빠 소리에 그녀는 간신히 감았던 눈을 떴다. 해쓱한 볼
에 자꾸 눈물이 흘러 베개를 적셨다. 그녀의 입술은 끊임없
이 무언가를 간구하는 소리를 내고 있었다.

"저에게 좀 더 시간을 주소서. 더 봉사할 시간을 주소서."

그녀의 오빠들은 중환자실 앞에서 내내 대기하고 있다가
면회 시간을 기다려서 다시 들어와 들여다보았다. 환자의
몸은 점점 더 쇠약해졌다. 오빠가 자기의 피를 뽑아 그녀에
게 수혈했다.

그녀는 정신이 들 때마다,

"아이들은 어째!"

의식이 혼미한 지경에도 아이들을 찾았다.

아이들이 둘러앉아 있을 때는 "너희들이 이 추위에 이 먼 데를 왔구나. 가엾어라." 하면서 아이들을 가까이 불러 한 아이씩 손을 쥐어주고 머리를 어루만졌다. 그런 모양을 보면 그녀가 아이들을 얼마나 사랑하는지 누구나 사무치게 느낄 수 있었다.

그녀가 몸을 뒤틀어 대자 간호사가 와서 모르핀을 주사했다. 그녀가 몹시 괴로워하자, 아이들은 터지는 오열을 참으려고 꺽꺽 입을 가린 채 흐느끼다가 병실을 뛰쳐나간다.

도립병원 중환자실은 조명이 밝았다. 꼬아지고 미어지고 끊어 낸 창자만 해도 몇 미터는 될 것이다. 수술 끝나고 신음만 삼키며 투여하는 수액의 힘으로 겨우 연명만 하고 있다. 그녀는 자신이 회복할 가망이 없다는 것을 깨달았다.

그녀는 고통을 참는 만큼 아무 소리도 내고 싶지 않은데, 자꾸 신음이 새어 나왔다.

바짝 마르다 못해 새까맣게 타드는 입술이었다. 이젠 정신이 들어도 눈을 뜰 수가 없었다. 귀도 가물가물 먼 곳의 소리만 들려왔다. 통증도 마비되어 온몸을 짓누르는 무게로 변했다.

운동을 처음 함께 시작한 친구가 달려왔다. 친구와 그녀는 황해도로 처음 농촌계몽운동에 나갔다. 그때가 그녀가 처음 경험한 계몽운동이었다.

그녀는 낮엔 공부 가르치고, 밤엔 전도하러 산길 들길을 수십 리씩 다녔다. 허리까지 닿도록 눈이 쌓이던 날, 한밤까지 돌다가 낭패를 당하기도 했다. 눈이 얼마나 퍼붓는지 오던 길도 가던 길도 다 지워져서 길을 찾지 못해 밤새껏 산으로 들로 헤매었다. 별도 달도 삼켜버린 들판에서 영영 길을 잃고 말 것처럼 두려웠다. 눈보라를 피해 짚가리 속에서 두 처녀가 껴안고 덜덜 떨었다. 그때 동사를 면하고 살아난 것이 기적이었다.

그녀는 결혼을 약속한 연인을 떠올렸다. 억새꽃이 이슬에 젖는 가을 저녁, 동구의 호젓한 길을 따라 자신을 보기 위해 웃으며 달려오던 남자. 세상에서 그녀를 누구보다 사랑한 연인이었다. 그 사랑을 온전히 다 받아주지 못한 것이 미안했다.

모든 것이 이제 다 꿈처럼 여겨졌다. 흐릿한 의식 너머로 사랑하는 사람들이 어른거렸다. 그녀는 그 얼굴들을 마지막으로 만져 보려고 떨리는 팔을 뻗었다. 얼굴들이 점점 흐려지고 멀어지더니 팔에서 힘이 빠져나갔다. 그녀의 눈에 오로지 빛만 찬연히 차오르기 시작했다.

노인의 목소리에 실려 한 편의 영화처럼 흘러가는 이야기를 듣는데 산등성이에서 바람 한 줄기가 불어왔다. 그는 바람결에 희미한 음성을 들은 듯했다. 새소리, 바람 소리와 다른 소리였다.

근처에 누가 있나 싶어서, 그는 고개를 돌려 주변을 살폈다. 아무도 없었다. 무덤을 지키는 수문장인 양 향나무 한 그루가 옆에 서서 그를 내려다보고 있었다. 바람이 불어서 나뭇가지가 흔들렸다. 잎사귀들이 내는 소리 같기도 했다.

"이게 최 선생이 심은 나무요."

그녀의 주검을 거두고 장례식까지 치러준 마을 노인이 나무를 바라보며 쓸쓸한 목소리로 말했다.

노인이 돌아간 후 그는 무덤 주위를 한참 서성이다가 되돌아섰다.

그는 걸어온 길을 다시 걸어가야 했다. 오십 리 길이었다. 너무 많이 걸었으므로 다리가 아팠다. 문득 여자가 앓았다는 각기병을 떠올렸다. 그 병의 증세는 다리를 폈다 굽혔다 하지 못하는 것이다. 이 길을 불과 두 계절 전에 여자가 걸어 다녔다. 이런 길을 낮과 밤을 가리지 않고 왕복하고 잘 먹지도 못하고 지냈다. 편히 살길을 두고 자기 온몸을 불사르는 길로 뛰어들었다. 그는 마음이 저리고 떨려왔다.

죽음과 삶 사이의 격차를 일깨우려는 듯 어질어질 분향 같은 아지랑이가 사방에서 피어오르는 길을 걸어가는데 그의 머리 위로 금빛 바늘이 정수리로 일제히 쏟아져 내리고 있었다. 문득 그는 빛 속에서 여자의 실루엣을 보았다. 그녀의 영은 아직 떠나지 못하고 마을에 머무는 듯이 보였다.

불꽃

그는 수원에서 돌아온 후 여러 날 가위에 눌렸다.

아내는 수원에서 무슨 일이 있었느냐고 물었다. 자다가 자꾸 헛소리를 한다는 것이다.

"당신, 몸살이 난 것 같아요. 한약이라도 지어올까 봐요."

몸에서 열이 나긴 하지만 그건 몸살과는 다른 종류였다. 신열은 시가 쓰일 때의 전조 증상 같은 것이다.

처음에는 한 편의 추도시를 쓰려고 했다. 시를 쓴다는 것은 순간적으로 마법에 걸리는 일이었다. 그 시를 쏟아낸 후에야 마법에서 깨어나는 것이다. 그러나 한밤에 장대비처럼 쏟아지던 것은 시와는 다른 문장이었다. 그럼 그 문장들은 무엇이었을까. 그것은 그의 것이 아니었다. 그날 밤 그는 누군가에게 자신의 오른손을 도구로 빌려주었을 뿐이다. 원고지를 채워나간 것은 그의 몸을 빌린 또 다른 영혼이었다.

그는 두 이야기가 하나로 만나는 소설을 쓰기 시작했다.

전작인 『영원의 미소』에서 도시에서 살던 수영과 계숙이 귀농을 선택한 이후의 여정이 이만큼이나 생생한 인물로 살아나기 위해서는 단지 의지로 가능한 일 같지 않았다. 분명한 것은 그가 잠이 들면 그녀가 머리맡에 와 앉아 있었다. 그는 잠을 자고 있어도 그녀의 이야기를 듣고 있었다.

그는 지난 1월에 세상을 떠났지만 그녀가 아직 세상을 떠나지 못한 채 머물고 있다는 것을 느꼈다. 여자는 떠나지 못하고 있었다. 흙 속에 묻혔어도 아직 살아 있었다.

그가 지금 쓰는 소설 속으로 여자는 들어왔다. 도시에서 운동하는 계숙은 수원 샘골의 계몽운동가를 만나 청석골을 무대로 강습소를 운영하는 채영신으로 변신하고 공동 경작을 하는 마을의 청년은 수원 농고를 나온 소설의 인물로 바뀌어 한곡리를 이끄는 인물이 되었다.

낮과 밤이 바뀌고 어느새 6월의 반을 넘어섰다. 그의 소설은 마침내 대단원의 장을 향해가고 있었다.

소설 속 동혁은 사랑하는 영신을 땅에 묻고 돌아왔다.

아무리 지루하던 겨울도 한번 지나만 가면 봄은 기다리지 않아도 저절로 닥쳐온다. 반가운 손님은 신 끄는 소리를 내지 않듯이, 자취 없이 걸어오기로서니, 얼어붙었던 개천

바닥을 뚫고 졸졸졸 흐르는 물소리를 듣고 말랐던 나뭇가지에서 새 움이 뾰족뾰족 돋아나는 것을 볼 때, 뉘라서 새 봄이 오지 않았다 하랴.

동혁은 길가에서 잔디 속잎이 파릇파릇해진 것을 비로소 보았다. 미루나무 껍질을 손톱 끝으로 제겨 보니, 벌써 물이 올라서 나무하는 아이들의 피리 소리도 멀지 않아 들릴 듯.

"인제 완전히 봄이로구나!"

한마디가 저도 모르는 사이에 부르짖어졌다.

그는 논둑으로 건너서며 발을 탁탁 굴러 보았다. 흠씬 풀린 땅바닥은 우단 방석을 딛는 것처럼 물씬물씬하다.

동혁은 가슴을 봉긋이 내밀며 숨을 깊숙이 들이마셨다. 마음의 들창이 활짝 열리며 그리로 훈훈한 바람이 쏟아져 들어오는 듯, 그는 다시 속 깊이 서리어 있는 묵은 시름과 함께,

"후—"

하고 마셨던 바람을 기다랗게 내뿜었다. 화로에 꺼졌던 숯불이 발갛게 피어난 방 속같이 온몸이 후끈해지는 것을 느꼈다.

동혁이가 동리 어귀로 들어서자 맨 먼저 눈에 띄는 것은

불그스름하게 물든 저녁 하늘을 배경 삼고 언덕 위에 우뚝 우뚝 서 있는 전나무와 소나무와 향나무들이었다. 회관이 낙성되던 날 그 기쁨을 영원히 기념하기 위해서 회원들과 함께 패다 심은 상록수들이 키 돋움을 하며 동혁을 반기는 듯.

"오오, 너이들은 기나긴 겨울에 그 눈바람을 맞구두 싱싱 허구나! 저렇게 시푸르구나!"

동혁의 걸음은 차츰차츰 빨라졌다. 숨 가쁘게 잿배기를 넘으려니까 회관 근처에서 '애향가'를 떼를 지어 부르는 소리가 바람결을 타고 웅장하게 들려오는 듯하여서, 그는 부지중에 두 팔을 내저었다. 그러고는 동리의 초가집들을 내려다보며 오랫동안 떠나 있던 주인이 저의 집 대문간으로 들어서는 것처럼,

"에헴, 에헴!"

하고 골짜구니가 울리도록 커다랗게 기침을 하였다.

그의 눈에는 회관 앞마당에 전보다 몇 곱절이나 삑삑하게 모여 선 회원들이 팔다리를 벌렸다 오므렸다 하며 체조를 하는 광경이 보였다.

그는 고개를 돌리고 눈을 끔벅하고 감았다가 떴다. 이번에는 훠언하게 터진 벌판에 물이 가득히 잡혔는데, 회원이

오리 떼처럼 논바닥이 하얗게 깔려서, 일제히 '이앙가'를 부르며 모를 심는 장면이 망원경을 대고 보는 듯이 지척에서 보였다.

동혁은 졸지에 안계3가 시원해졌다. 고향의 산천이 새삼스러이 아름다워 보여서 높은 묏부리에서부터 골짜구니까지, 산허리를 한바탕 떼굴떼굴 굴러 보고 싶었다.

앞으로 가지가지 새로이 활동할 생각을 하며 걷자니, 그는 제풀에 어깻바람이 났다. 회관 근처까지 다가온 동혁은 누가 등 뒤에서,

'엇, 둘! 엇, 둘!'

하고 구령을 불러 주는 것처럼 다리를 쭉쭉 내뻗었다.

상록수 그늘을 향하여 뚜벅뚜벅 걸었다.

늦은 봄철 책상에 붙들린 채 쓰기 시작한 원고가 마침표에 이른 것은 6월 26일이다. 200자 원고지 1,500장에 이르는 소설을 50일 만에 완성한 것이다. 영신이 죽고 동혁이 상록수 그늘을 향하여 걸어가는 것으로 소설은 끝이 났다.

----

3 안계(眼界): 눈앞.

'이렇게 달려왔구나. 겨울이 아니라 봄을 향해 가는 것으로.'

'상청수, 생명선, 상록수 중 뭐가 좋을까?'

그는 세 개의 제목을 두고 고민했다.

"상록수!"

그는 부르짖었다. 제목을 상록수로 결정한 후 그는 얼마 전에 본 신문 기사를 기억해 냈다.

장편소설 특별공모. 본보 창간 15주년 기념. 기한은 6월 말.

신문지를 찾아 확인해 보았다. 아직 기한이 며칠 남아 있었다. 그는 마지막 제목까지 정해진 소설 원고를 우편배달부에게 건넸다.

7월을 보내고 8월이 왔다. 그는 이따금 창밖에서 배달부가 전해오는 소식을 기다렸다. 두 달이 채 못되었을 때였다. 기다리는 소식이 왔다.

"이 소설은 본사가 이번 소설 공모를 발표할 때 희망 조건으로 제시한 바와 같이 첫째, 조선의 농어산촌을 배경으로 하여 조선의 독자적 색채와 정조를 가미할 것, 둘째, 인물 중에 한 사람쯤은 조선의 청년으로서 명랑하고 진지한 성격을 설정할 것. 셋째 신문소설이니만치 사건을 흥미 있게 전개시켜 도회인 농어촌산촌인을 물론하고 다 열독하도록 할 것 등의 모든 조건에 부합할 뿐 아니라 그밖에 여러 가지 점으로 근래에 보기 드문 작품입니다.”

그가 쓴 소설이 당선작으로 뽑혔다는 사실을 알려주고 있었다.

다음 달부터 소설은 분재 되어 매일 지면으로 나가는데 매회 독자의 반응이 폭발적이었다.

그는 소설을 발표하는 데서 끝내지 않았다. 다락에서 메가폰을 다시 꺼냈다. 오랫동안 별렀던 꿈이었다. 그건 소설을 영화로 만드는 일이었다.

그는 상록수 소설을 〈아리랑〉 이상의 감동적인 영화로 만들어낼 생각이었다.

5장 그날이 오면

여름 장마가 지나고 폭염이 며칠 이어지더니 매미가 매일 울어댔다. 그가 필경사를 나선 날은 8월 하순 어느 날이었다.

창문을 열면 맹렬한 매미 울음소리와 함께 습기를 잔뜩 품은 무더운 공기가 밀려들었지만, 그날은 매미들도 조용하고 더위는 한풀 꺾였고 하늘은 유난히 청명했다.

'길 떠나기 좋은 날이다.'

하늘을 올려다보며 그는 설레는 기분을 느꼈다.

"잠깐 다녀올 테니 애들 잘 보고 있어."

"일 빨리 끝내고 오세요."

막내를 등에 업은 아내가 말했다.

"걱정 말아."

어린 아들들은 입을 모았다.

"아버지, 안녕히 다녀오세요."

4월에 태어난 막내아들은 어미 등에서 잠이 들어 있었다. 첫째와 둘째를 차례로 안아주고 나서 그는 마지막으로 막내아들에게 다가갔다. 어린 아들은 그가 코를 만지작거리고 볼에 입을 맞추어도 쌔근쌔근 소리를 낼 뿐이다.

몇 걸음 걸어가다가 뒤를 돌아보는데 아내와 아이들이 집으로 들어갈 생각을 않고 여전히 서 있었다. 그의 눈에 사랑하는 가족과 집이 한눈에 담겼다. 필경사는 2년 전 200평 남짓한 대지에 지은 가족의 첫 둥지였다. 그는 새삼 감격스러운 기분이 치솟으며 집을 짓기 전에 집터를 보고 다닐 때를 떠올렸다.

당진에 내려와서 그는 본가의 사랑채에서 지내고 있었다. 둘째까지 태어나자 사랑채에서만 지내기에는 너무 비좁았다. 그는 독립해 나올 마음으로 집터를 보고 돌아다녔다.

집터를 돌아보던 중에 그는 아끼던 상아 물부리를 잃어버렸다. 그 당시 파는 담배는 필터가 달려 있지 않았다. 애연가들은 담배물부리를 가지고 다니며 담배를 거기에 끼워서 피웠다. 물부리의 종류는 많지만 그중 상아 물부리는 값이 비싸고 품질도 최고급이었다. 돈 주고 산 것이 아니라 선물로 받은 귀한 물건이었다. 꽤 오래되고 길이 들어서 빛이 희면서도 노르스름하고 입에 무는 쪽이 닳고 패여서 양쪽으로 구멍이 나 있었다. 그 상아 물부리를 잃어버리고 나서 찾으러 모조리 돌아다닌 끝에 드디어 상아 물부리를 찾아낸 자리였다.

그 자리에서 보니 앞이 탁 트인 조금 먼 곳엔 동그스름한 안산이 있고 그 옆으로 멀리 바다와 섬이 보이고 왼쪽 언덕 너머로는 논이 있고 그 갓에 우거진 노송 숲이 있으며 가까이와 바른쪽에는 초가집들이 옹기종기 모여 있는 부근이었다. 바로 정면에 있는 안산과의 중간쯤에 있는 언덕에 속리산 법주사 입구에 있는 소나무와 비슷한 우산같이 벌어진 수백 년 묵은 노송이 서 있었다.

"여기가 집터로 좋겠다."

그는 그 순간 결심했다. 여기에 집을 지어야겠다.

집을 다 짓고 나서는 집 이름을 뭐라고 할까, 고민했다. 그때 그 시가 불쑥 떠올랐다. 아직 철필구락부에서 활동할 때 그는 한 편의 시를 썼다.

우리의 붓끝은 날마다 흰 종이 위를 갈며 나간다.
한 자루의 붓 그것은 우리의 쟁기요 유일한 연장이다.
거칠은 산기슭에 한 이랑의 화전을 일려면
돌부리와 나뭇등걸에 호미 끝이 부러지듯이
아아 우리의 꿋꿋한 붓대가 몇 번이나 꺾였었던고?

그 시의 제목은 '필경'이었다.

'그래, 그 시는 필경이고 이 집은 필경사다!'

그는 무릎을 '탁' 치며 부르짖었다.

직접 설계 도면을 그리고 집 잘 짓는 목수를 구해 지은 것이 필경사였다.

필경사에는 담과 대문이 없다. 담과 대문이 없는 대신 현관을 만들어 놓은 것이 특징이었다. 근처 어느 마을에도 현관 있는 집이 매우 드물었다. 전통 한옥에도 현관이 없었고, 초가집에는 더더욱 없었다. 그러니 담과 대문을 없애고 현관을 도입한 그 집은 그가 처음으로 시도한 것이다. 그는 집을 지을 때 집의 출입구를 현관 하나로 고정하는 설계를 처음부터 했다. 20대 초반에 중국의 여러 도시를 떠돌며 본 것과 일본에서 지낼 때 현관이 있는 주택에서 지내면서 현관의 필요성과 편리성을 인식하고 있었기 때문이다. 필경사는 그렇게 다섯 가족의 둥지이면서 그의 창작실이 되었다.

집에서 몇 걸음 떼지 않아 이번에는 나무가 그의 시선을 붙들었다.

'저 나무가 그새 저렇게 자랐나.'

필경사를 짓고 나서 직접 심은 기념수였다. 그동안 글 쓴

다고 틀어박혀서 나무에 눈길을 줄 새도 없었던 것이다.

"오오, 너이들은 기나긴 겨울에 그 눈바람을 맞구두 싱싱허구나! 저렇게 푸르구나!"

아직 여름의 기운이 가시지 않은 이 계절에, 상록수 소설 속 동혁의 입에서 나온 대사가 이제 그의 입에서 흘러나왔다. 그는 소설을 시나리오로 고치면서도 마지막 장면에 이르면, 늘 가슴이 벅차올라 왔다. 분명 저 나무를 심은 뒤로 좋은 일만 생겨났다. 소설도 당선되고 막내아들도 태어났다. 소설은 영화로 만들어질 터이고 이제 곧 책이 나올 것이다. 이제 출간 직전 마지막 작업만 남아 있었다.

그는 씩씩하게 걸었다.

한성출판사 2층은 제법 널찍했다. 1층에는 인쇄기가 있었다. 인쇄기 돌아가는 소리가 2층까지 올라왔다. 사무실을 휘휘 돌아보던 그는 출판사 직원에게 말했다.

"길바닥에 시간을 버릴 수 있나요? 여기서 지내는 게 좋겠습니다. 빨리 책이 나와야지요. 사무실이 비좁지 않고 널찍하니 책상 하나와 의자 두 개면 저에게 지내기 충분합니다."

그는 너털너털 웃었다.

"여기에 이렇게 의자 두 개를 나란히 붙이면 침상이네."

다음 날부터 낮과 밤을 교정에 매달렸다. 어깨와 등까지 뻐근하고 찌르르 통증이 올라오면 동서로 뚫린 유리창을 죄다 활짝 열어놓고, 시원한 바람길이 만들어지는 한가운데 의자를 놓고 앉아 누운 채 휴식을 취했다.

아침에 출근한 출판사 직원은 누워 자는 그를 발견했다.

"밤새 오탈자와 씨름했네."

그는 잠이 깨어 몸을 일으키며 눈을 찡그렸다.

"작가님, 이러다가 몸 상하십니다. 저녁엔 집에 들어가세요."

"내가 아직 세상 밖에 나와서 감기약 한 첩 먹은 일이 없네."

집을 두고 객지 잠이 웬 말이냐며, 형은 집으로 오라고 성화였지만 그는 계속 출판사에 머물렀다.

공기는 급속히 가을의 기운과 색채를 띠기 시작했다. 9월에 접어들면서 하루가 다르게 계절의 변화가 느껴졌다.

그날은 1층 인쇄기에서 책을 박는 기계 소리가 신관 2층을 24시간 울려왔다.

교정 원고지를 넘긴 그는 이제 상록수 시나리오를 들여다보고 있었다.

만약 계획대로 되었다면 지금쯤 영화가 개봉관에 걸렸을 것이다. 소설이 신문에 연재되는 동안 그는 시나리오 각색까지 완성해 놓았다. 고려영화사 안에서 임시사무소까지 차려놓았으니 다 된 밥이나 마찬가지였다. 원래는 4월 초에 촬영 개시 예정이었다. 신문에는 크게 광고도 나갔다.

그는 시나리오 원고를 들여다보았다. 보고 또 보아서 이젠 겉표지가 너덜너덜해져 있었다. 표지에는 원작 감독 심훈 각색 시나리오라고 쓰여 있다.

등장인물과 배우 이름까지 수기로 적어놓았다. 천명이 출연하는 규모였다. 최근에 나온 영화 중에 이만한 규모가 있었을까. 다들 원작이 너무 좋아서 흥행으로나 예술적으로나 우리 영화 사상 빛나는 기록을 낼 것이라고 기대했다. 너무 기대가 큰 탓일까. 예정대로라면 9월에 단성사든지 영화관에서 개봉되었을 것이다. 언제나 다 된 밥에 재를 뿌리는 방해자가 있기 마련이었다. 검열 단계에서 또 제동이 걸렸다. 내용이 불온하다는 것이다. 불온이 웬 말인가. 민족정신을 고취하는 의도면 다 반일이고 불온이 된다. 관제 계몽운동 외에는 다 중단시키라는 명령에 신문사에서도 브나로드운동을 더 이상 할 수 없노라고 중단을 선언할 때는 얼마나 협박을 받았을까 싶다. 신문을 정간시키겠다니 도리 없이 물러서야 했을 것이다. 영화도 마찬가지였다. 소설이 인기를 끌고 장안의 지가를 높인다 하니 더더욱 못마땅했을 것이다. 게다가 만세 시위 주동자로 수감된 경력에 두 번이나 불온한 내용의 소설을 써서 중단되었고 신문사에서는 기자 맹휴에 두 번이나 가담했고 방송국에서 아나운서로 일할 때도 천황폐하를 고하는 것을 기피하는 등 반일 행동을 일삼은 자가 그였다. 그런 인물이 인기 소설가가 된 것이 매우 거슬렸을 것이다. 그는 늘 요주의 인물이었다. 할 수 없이 영화보다 책이 먼저 나오게 되었다. 일단 책부터 내고 그는 촬영을 재개할 생각이었다.

그는 극심한 피로감을 느꼈다. 엎드려 잠을 청했다가 의자에 누웠다. 한참 눈을 붙였다.

잠이 깨었다. 눈을 떴지만 눈뜬 것 같지 않았다. 다른 때라면 눈을 떴을 때 탁자 위에 낮에 본 교정지들이 어지러이 펼쳐져 있기 마련인데 아무것도 보이지 않고 눈앞이 영 깜깜했다. 달빛도 별빛도 없었다. 창을 내다보면 별이 보여야 했다. 별빛도 사라진 칠흑의 밤이었다. 고요한 사위에 아무 기척이 느껴지지 않았다. 그는 몸을 일으키다가 균형을 잃고 의자 밑으로 굴러떨어지고 말았다. 쿵. 바닥에 부딪히는 순간, 머리가 울렸다.

회오리와 모래폭풍 바람이 일었다. 얼굴을 비추는 섬광과 같은 불꽃이 느껴졌다. 어둠 속에서 불꽃은 하늘로 날아오르고 있었다.

대학병원 안치실에 사람들이 모여들었다. 그들은 늦은 밤까지 통야 중이었다.

"봄에 태어난 아들이 이제 백일이나 지났나?"

"아침에 출근하면서 보면 의자를 모아놓고 그 위에 혼자 주무시고 있었어요. 자신은 원래는 감기 한 번 앓지 않았다고 워낙 건강을 자신하셨어요. 맹악1한 병균에 쓰러지시다니 참 믿을 수 없네요."

그는 사람들이 하는 말을 듣고 자신이 병원에 누워 있다는 것을 깨달았다. 그들의 이야기에 귀를 기울였다.

"그는 슬픔과 고독을 술로 달랬네."

귀에 익은 목소리였다. 최근에 만난 친구였다. 비 오는 날 당구를 치는 친구를 불러서 차비를 얻어낸 밤에 그 길로 그 친구의 집으로 달려갔었다.

---

1 맹악(猛惡): 잔혹하고 불길함.

"조만간 내 새 책이 나와. 그 책 받으면 한마디 해 줘."

그런 말을 건넸고 밤새 사케를 마신 날이었다.

문득 그는 뜨거운 열기를 느꼈다. 그것이 방이 아니라 자신의 몸에서 피어오르는 열기라는 것을 깨달았다. 조금 전에 들은 맹약한 병균이라는 말이 맘에 걸렸다. 그게 열기의 원인인지 모른다는 생각이 들었다.

몸은 뜨겁고 때때로 혼수에 빠져들지만 기억은 여전히 또렷하기만 했다. 한 달 전의 일도 지금 일어난 일처럼 생생했다. 새벽에 호외 신문 이면에 감격에 떨리는 손으로, 오오, 조선의 남아여, 한 편의 축시를 써 내려간 흥분의 여운도 혈관 속에 남아 있었다. 신문에 월계관을 쓰고 있는 마라톤 선수 손기정. 이역의 하늘 아래서 선수로 뛰고 있는 그의 심장 속에 용솟음치던 피가 같은 민족의 한 사람인 그의 혈관 속에도 함께 달리는 듯하였다. 그때 그는 새벽에 창문을 열고 널리 외치고 싶었다. 마이크를 쥐어 잡고 전 세계의 인류를 향해서,

"자, 지금도 너희들은, 우리를 약한 족속이라고 부를 터이냐!"

그리고 그날 당장 새벽에 쓴 시를 들고 예전에 자신이 일하던 신문사로 달려갔다.

문득 머리맡을 올려다보니 이회영이 앉아 있었다. 이회영은 물끄러미 그를 내려다보다가 "자네 무슨 공부를 하고 싶은가?" 묻던 그때처럼 똑같은 목소리로 물었다.

"자네 나이가 이제 서른여섯인가. 아직 할 일이 많은 나이군. 아들이 셋이라고?"

"네, 막내는 이제 겨우 백일이 지난걸요. 또 영화도 완성해야 하는데 곧 만들어질 것입니다. 다락 속에 있는 시집 원고도 다시 꺼내서 출간하고 싶습니다. 앞으로 정말 바빠질 것 같습니다."

"그래, 그동안 자네 참 열심히 달려왔군."

어디선가 지붕을 두들기는 소리가 났다. 다시 정신을 차리자 방에는 아무도 없었다.

자동차 한 대가 창밖을 지나가고 있었다. 또 다른 한 대가 뒤이어 달려가는 소리가 들려왔다.

고요한 시간이 흐르고 있었다. 이제 더 이상 몸이 뜨겁지 않았다. 열이 다 식은 몸에서는 이제 서늘한 기운이 밀려들었다.

불현듯 오래전 베이징의 낯선 거리에서 홀로 보낸 밤이 불쑥 떠올랐다. 화로에 매탄도 꺼지고 벽에는 성에가 슬어 얼음장 같은데 창 너머에서 고루의 북소리가 들려왔다. 꼭

지구의 맨발바닥에 내려앉은 듯이 몸과 마음이 고독한 순간
의 그 기억이 뇌수 깊숙이 도사리고 있었다. 거리에는 이제
땡그랑 소리도 들리지 않고 호콩 장수도 인제는 얼어 죽었나
보다 입술을 꼭 깨물고 이 한밤을 새우면 집에서 편지나 올
까? 돈이나 올까? '만타우' 한 조각 얻어먹고 긴 밤을 떨었
다. 짙은 안개가 낀 압록강이 떠올랐다. 그는 압록강 철교
위를 달리는 기차에 타고 있는 기분이 들었다. 스무 살, 기
차를 타고 새벽에 국경을 넘어가던 그 순간이 생생했다. 처
음으로 집을 떠나서 국경을 건넌 순간이었다.

나그네처럼 기차에 몸을 싣고 황하를 건너갈 때 덜커덩
덜커덩 끊임없이 귓전에 울리던 쇠바퀴 소리. 울음소리처
럼 들려오던 그 소리가 들려왔다.

홍명희가 기차에 같이 타고 있는 듯 옆에 앉아 말했다.

"이번 작품은 정말 잘 읽었네. 심 군은 장편소설을 본격
적으로 쓴 것이 얼마 되지 않았는데 진취의 템포가 참 빠르
다고 보네. 저번에 쓴 『영원의 미소』보다 『직녀성』이 좋았
는데 이번 『상록수』는 백미로 읽혔네."

글을 보고 칭찬하는 법이 없는 홍명희에게서 그런 말을
들을 줄이야. 그건 누구의 칭찬보다 다디달았다.

그의 눈시울이 천천히 붉어졌다. 눈앞에서 흐르는 것은

한 편의 영화였고 그 영화의 주인공은 자신이었다.

이 사람을 보라. 그는 두 개의 나라에서 불꽃처럼 살아왔다. 그리고 마지막 운명의 밤에 이르렀다.

자막이 흐르고 변사가 말하고 있었다.

그 밤에 그는 불타는 나무였다.

어쩌면 불꽃이었다. 불꽃은 사방으로 날아다니고 어둠 속에 폭죽을 터뜨렸다. 그는 꿈을 꾸듯 불꽃을 바라보고 있었다. 불꽃은 다른 세계로 그를 몰아넣었다.

나는 대섭.

나는 삼보.

나는 금강샘.

나는 백랑

나는 훈.

심훈.

그는 헛소리처럼 자신의 이름을 차례로 불렀다. 그다음으로 나는 어떤 사람으로 기억되기를 원하는가? 생각하기 시작했다. 내가 누구인가? 그 최초의 물음에 직면한 사람처럼 그의 정신은 각성되어 있었다. 긴 시간 여행이었다.

그러나 긴 시간의 강에서는 잠깐의 윤슬, 한밤이 안 되는 시간이었다. 지난 36년간의 전생이 환등처럼 떠올랐다가 지워지고 지워졌다가 또 나타났다. 흐릿해지는 의식 속에서 그는 자꾸 시간의 태엽을 감고 있었다. 지나간 시간의 광장에서 기억들이 펼쳐졌다. 천천히 영사기가 돌고 돌았다. 서서히 안동별궁 길을 따라 학교를 향해 걸어가는 열아홉 살의 자신이 떠올랐다.

잊을 수 없는 그날 이후 그의 모든 것이 바뀌었다. 그는 이전의 삶으로 되돌아갈 수 없었다, 그를 마지막까지 살게 한 것은 불꽃이었다. 불꽃은 한 번도 꺼뜨려진 적이 없다. 그건 꺼뜨려질 수 없는 불꽃이었다. 잠든 것처럼 보여도 그는 결코 잠든 것이 아니었다. 기억을 잃지 않기 위해 의식은 새파랬고 두 눈은 부엉이처럼 내내 치켜뜨고 있었다.

적막한 시간이었다.

얼마나 시간이 흘렀는지 알 수 없다. 그의 귀는 여전히 열려 있었다.

귀는 바람 소리, 물소리, 공중을 나는 새 소리, 나뭇잎 우수수 떨어지는 소리, 휘파람 소리, 희미한 종소리를 들었다.

아버지, 해풍, 이보게…… 누군가 자신의 이름을 부를 때마다 감긴 눈이 떠졌다.

그는 어서 빨리 집으로 돌아가고 싶었다. 객지에 있으면 도무지 깊은 잠이 들 수 없었다.

오랜 잠을 깨운 것은 아들의 목소리였다.

이젠 더 이상 아이가 아닌 어른이 된 아들의 음성이었다.

"아버지. 이 아침은 몹시 춥고 맑습니다.

오늘은 새벽 여섯 시에 서울을 떠나 외진 산등성이에 누운 묘를 찾아다녔습니다.

다행히 어렵지 않게 찾아낼 수 있었습니다.

먼저 곡괭이로 딱딱하게 얼어붙은 봉분을 열었습니다. 봉분을 열기 전에 두 번 절을 올렸습니다. 아버지는 아주 깊이 묻혀 있으셨습니다.

잠깐 다녀오겠다고 집을 나서서 서울에 갔다가 영영 돌아오지 못한 채 인연도 없는 그곳에서 추운 곳에서 얼마나 오랜 시간 기다리셨습니까.

우리는 연장을 수습하고 집으로 달렸습니다.

아버지 기억하십니까? 아버지께서 손수 지은 집입니다. 시를 쓰고 소설을 쓰던 그 집입니다. 필경사. 아버지의 첫 번째 집이자 마지막 집입니다.

먼 길을 돌아 아버지를 모시고 집으로 돌아왔습니다. 집의 바른편 빈터에 아버지의 자리를 마련했습니다.

미리 와서 기다리던 일꾼들이 안성에서 종이함에 모셔 온 아버지의 유해를 오석으로 만든 석관으로 옮겨 모셨습니다.

아버지 이제 영원한 안식처인 집으로 돌아오셨으니 편안하십시오.”

아들의 목소리를 듣고 그는 오래전 자신이 지은 필경사의 마당으로 되돌아온 것을 깨달았다. 그동안 얼마나 시간이 흘렀는지는 알 수 없었다. 햇살 좋은 날이었다. 이제 겨울인가, 봄인가? 그는 분명히 느낄 수 있다. 봄. 봄이었다. 그는 이제 그날이 왔다는 것을 온몸으로 느낄 수 있었다.

장편소설 심훈 해설

1

심훈이 태어날 무렵 서양에서는 니체가 죽었다. 프로이트는 '꿈의 해석'을 쓰고 있었다. 바야흐로 20세기의 시작이었다. 20세기는 과학의 세기이고 혁명의 세기였다. 그러나 조선은 망국의 어둡고 긴 터널로 들어서고 있었다.

심훈이 태어난 곳은 지금의 서울 동작구 흑석동 177번지이다. 그를 농촌계몽소설 작가로 알고 있는 이들은 그가 사실은 서울에서 태어나 인생의 대부분을 서울에서 살아왔다는 사실을 뜻밖으로 여긴다. 심훈의 부친은 3천 석 정도의 논밭을 갖고 당진에서 추수를 거두어 올리던 청송 심씨 상정(相珽)이고, 어머니 윤씨는 조선 말 3대 문장가로 꼽히는 윤희구의 아들로 시와 서예, 그림에 두루 재능을 보인 윤현구의 딸이었다. 심훈은 그들의 삼남 일녀 중 막내아들로 태어나 어려서는 서당에 다니며 한문을 배웠고, 교동보통학교(교동국민학교의 전신)를 거쳐 경성제일고등보통학교(경기고등학교의 전신)에 입학하였다.

일본의 조선 침략으로 심훈이 열 살 때 나라가 망했다. 10년 후 3.1만세운동이 일어났을 때 열아홉 살 심훈은 적극 참여했다. 이 일로 학교에서는 퇴학을 당하고 서대문 감옥에서 옥고를 치렀다.

3.1만세운동 이후 많은 청년들이 고국을 떠났다. 3.1운동은 많은 사람들의 삶을 송두리째 흔든 혁명적 사건이었다. 식민지의 하급 관리로 그럭저럭 자족하던 사람들이 사회운동가로 변신했고, 제 한 몸의 안녕을 목표 삼던 이들이 민족과 혁명의 대의에 투신했다. 배움에의 열망도 불타올랐다. 도청 서기가 학술강습소를 세우고 청년회를 조직했고, 측량기사였던 이는 무산자동맹회와 신사상연구회를 만들었다. 우체국 서기였던 유치진이 일본 유학길에 오르고 천안군 고원이었던 이기영이 늦깎이 공부를 결심한 것도 3.1운동의 여파 속에서였다.

스무 살의 심훈은 중국으로 떠났다. 그는 낯선 땅에서 단재 신채호 등의 독립운동가와 교류하고 영향을 받았다. 이 시기에 그는 청춘으로서 겪게 되는 사랑과 낭만과 정열 그리고 타국 생활에서 오는 망향심과 고독감을 표현한 순수한 서정시를 썼다.

1923년 귀국한 후 1932년 그의 부모가 살고 있던 충남 당진군 부곡리로 낙향하기까지의 십 년 남짓한 시간은 심훈의 일생에서 과도기라고 할 수 있다. 이 시기에 그는 영화계에 발을 들였다. 그가 각본을 쓰고 촬영한 무성영화

<먼동이 틀 때>로 영화감독으로 데뷔했다.

심훈이 서른두 살이 되던 해에 부곡리로 향한 것은 그의 개인사뿐만 아니라 문학사적으로 중요한 행보였다. 심훈은 본가의 사랑채에 거주하며 장편소설 『영원의 미소』를 탈고했다. 그 원고료로 집을 새로 짓고 '필경사(筆耕舍)'라 이름 짓고 창작에 전념한다.

필경사에서 그는 1930년대 초부터 일어난 브나로드(민중 속으로)운동을 배경으로 한 장편소설 『상록수』를 완성했다. 이 작품이 한국 문학사에 심훈이라는 이름을 각인시켰다.

2

동아일보사는 1931년부터 1934년까지 4회에 걸쳐 브나로드운동을 주도했다. 처음부터 이 운동은 일제 강점기의 식민 통치에 저항하고 민족의식을 고취하기 위해 시작된 것이다.

브나로드운동에서 원래 브나로드는 러시아어 '브나로드(vnarod)'에서 유래된 이름으로 '민중 속으로'라는 의미가 있었다. 1930년대의 농촌계몽운동은 처음에는 브나로드운동이라 불렸다가 나중에는 농촌계몽운동으로 명칭이 바뀌었고 심훈이 『상록수』 소설을 쓴 후에는 '상록수 운동'으로 알려지기 시작했다.

1930년대는 농민문학운동이 가장 활발히 전개되었던 시기였다. 농민문학운동은 계열별로 당시의 농민운동과 연결되어 있었으며, 더 크게는 식민지 시대의 민족해방운동과 긴밀히 관련되어 있었다. 이 시기에 많은 농민소설들이 쓰였다. 대표적인 작품이 카프의 『농민소설집』에 실린 단편소설들, 이기영의 장편소설 『고향』, 이광수의 장편소설 『흙』, 심훈의 장편소설 『상록수』가 있다.

그런데 당시 발표된 농민소설 중에서 『상록수』는 다른 농민소설들과 구별되는 뚜렷한 색채를 갖고 있었다. 심훈이 낙향하여 이 소설을 썼다는 점과 소설의 남녀 주인공이 모두 실제 모델(심재영과 최용신)을 가지고 있다는 점 때문이다.

여주인공 채영신의 실존 모델인 최용신은 1909년에 원산 인근인 함경남도 덕원군 현면 두남리에서 태어났다. 최용신의 할아버지 최효준은 일찌감치 사립학교를 설립하여 민족교육을 일으키려 했던 계몽론자이고 아버지 최창희는 1920년대 원산 제2의 3·1운동에 참여하고 신간회에서 활동한 사회운동가였다. 이렇듯 교육과 계몽 활동에 매우 적극적인 집안 분위기에서 최용신은 근대교육을 받았고 민족의 발전을 위해 농촌계몽운동에 청년들이 주체가 되어야 한다는 사명감이 남다른 여성으로 성장했다. 원산 루씨 여고를 졸업할 당시 〈조선일보〉에 실린 '교문에서 농촌으로'라는 제목으로 실린 최용신의 글에서 그녀가 선각자이자 지도자의 의식을 가진 여성이었음을 확인할 수 있다.

최용신이 당시 오지에 가까운 샘골 마을로 찾아온 것은 사명감에 의해서였다. 1931년 지금의 안산시 본오동에 샘골강습소를 세우고 일제의 감시 속에서도 우리말 조선어를 가르치고 문맹 퇴치와 농업기술을 전파하는 교육활동을 활발히 했다. 만 25세의 나이에 과로와 영양실조로 인한 장중첩증을 얻어 죽음을 맞는 순간에도 샘골강습소가 잘 보이는 곳에 묻어달라는 유언을 남겼다. 나이 어린 여성의 열정적이고 자기희생적인 활동은 동시대인들에게 매우 깊은 인상을 남겼다. 그녀가 체력을 뛰어넘는 헌신을 하다가 과로와 영양실조로 요절하자, 그녀의 활동과 죽음을 알리는 기사가 신문의 첫 줄을 장식하였고, 장례 또한 당시로는 파격적인 사회장으로 치러졌다.

"영원불멸의 명주, 무산 아동의 자모, 선각자 중의 선각자."

신문기자를 하다가 그만두고 당진 부곡리에 내려가 있던 심훈은 이 기사를 접하고 샘골을 방문하여 최용신의 사연을 취재하였다. 당진 부곡리에서는 심훈의 장조카인 심재영(1912~1995)이 1932년부터 야학을 시작하여 운영하면서 농촌계몽운동을 하고 있었기에 심훈은 심재영과 최용신의 이야기를 연결해서 200자 원고지 1,500장에 이르는 소설을 50여 일 만에 쏟아내니, 이것이 장편 『상록수』(1935)의 탄생 과정이다.

소설 속 채영신 및 실존 인물 최용신과 관련해서 잘 알려지지 않은 일화가 있다.

1994년 지역민들이 최용신을 독립 유공자로 추서하기 위해 청원했을 때 당시 접수처의 직원이 "왜 소설에 나오는 주인공을 독립 유공자로 신청하는가?"하고 반문하는 일이 있었다고 한다. 그 이후 신청자들은 소설 『상록수』의 채영신이 실존했던 인물, 최용신이라는 것을 입증하기 위해 많은 노력을 기울였다. 농촌계몽운동가, 여성 독립운동가로서 최용신의 존재는 심훈 소설이 나온 후 꽤 오랜 시간이 흐른 뒤에 세상에 알려졌다.

이렇듯 『상록수』는 한 문학 천재와 실존 인물들과의 만남이 빚어낸 산물이면서 심훈 문학의 귀결점이 되었다. 그러나 이 작품은 돌연히 쓰인 것이 아니고, 그 전신이라 할 수 있는 『영원의 미소』에서 발전해 나온 것이고, 『영원의 미소』는 그 전신인 『탈춤』에서 발전해 나온 것이다.

『상록수』는 1935년 동아일보 창간 15주년을 기념하여 기획된 장편소설 현상 모집에 당선되어, 같은 신문 1935년 9월 10일부터 1936년 2월 15일까지 연재되었다.

그 후 『상록수』는 1936년에 한성도서주식회사에서 단행본으로 발간되는데, 심훈은 이 일 때문에 상경하였다가 장티푸스에 걸려 같은 해 9월 사망했다. 그는 사망하기 전 1936년 8월 10일, 당시 베를린 올림픽 마라톤에서 1, 3위를 기록한 손기정, 남승룡 선수의 쾌거를 전한 신문 호외를 보고 쓴 「절필(絶筆): 오오, 조선의 남아여!」라는 시를 남겼다. 이것이 그가 쓴 마지막 글이다.

3

심훈이 한용운, 이상화, 이육사, 유치환, 윤동주 등과 함께 일제 강점기 저항 시인의 하나라는 면은 잘 알려지지 않았다. 이육사가 30여 편 남짓한 시를 남겼다면, 심훈은 첫 시집에 묶인 시 외에도 훨씬 많은 시를 썼다. 시집 『그날이 오면』은 원래 1933년에 발간되려 했으나 수록된 시의 반 이상이 검열에 걸려 붉은 줄이 그어지는 바람에 출간이 좌절되었다가 사후 13년이 되었을 때 세상의 빛을 보게 된다.

1930년 3월 1일, 그 자신 적극적으로 참여했던 3·1 만세운동을 기념하여 쓴 항일저항시 「그날이 오면」에서 그는 해방의 날에 대한 상상적 감격을 노래함으로써 해방을 기다리는 절실한 마음을 노래했다.

해방의 그날이 오기만 하면,
나는 밤하늘에 날으는 까마귀와 같이
종로의 인경을 머리로 들이받아 울리오리다
두개골은 깨어져 산산조각이 나도 기뻐서 죽사오매 오히려 무슨 한이 남으오리까.

심훈은 이 시에서 자신의 육신을 제물로 바치겠다는 강렬한 수사를 보이고 있는데, 이는 해방을 위해서라면 어떠한 자기희생도 감수하겠다는 자기 극복, 자기 초월 의지의 역설적 표현이다. 이 같은 희생양의 이미지는 그의 대표작

「상록수」의 여주인공 채영신의 죽음에서 절정의 모습을 보인다.

심훈은 3·1운동의 후예였다. 3·1운동은 그의 일생을 지배하며 타락의 항체로 작동했다. 그로 인해 그는 일제의 줄기찬 탄압 속에서도 끝까지 자신의 신념을 지킨 인물로 기억될 수 있었다. 그러므로 오늘의 시점에서 심훈을 읽는 것은 그 시대와 접속하고 불꽃으로 타올랐던 그때의 사람들을 온전히 마주하는 일이기도 하다.

심훈 연보

1901년(1세) 9월 12일(양력 10월 23일) 현 서울 동작구 노량진과 흑석동 부근(어릴 때 본적지는 경기도 시흥군 신북면 흑석리 176)에서 아버지 심상정과 어머니 해평 윤씨의 3남 1녀 중 막내로 태어났다. 본명은 대섭. 아명은 삼준 또는 삼보, 호는 소년 시절 '금강생', '해풍', 중국 유학 시절 '백랑 등이 있다. 심훈이라는 이름은 1926년 〈동아일보〉에 영화소설 「탈춤」을 연재하면서 처음 사용하기 시작했다.

집안은 소헌왕후를 배출한 명문가였다. 아버지는 당시 '신북면장'을 지냈고 충남 당진에서 3백석 추수를 해 올리는 지주이고 어머니 윤씨는 기억력이 탁월하고 글재주가 있는 분이었다. 형제 중 맏형 우섭은 〈매일신보〉 기자로 활동했고 이광수 『무정』에서 신우선의 모델로 알려져 있다. 작은형 명섭은 기독교

목사로 활동하다 한국전쟁 중에 납북되었다. 동요작가 윤극영이 고종사촌이다.

1915년(15세) 서울 교동보통학교를 거쳐 경성제일고등보통학교(현 경기고등학교)에 입학했다. 졸업 후의 지망은 의학이었다. 당시 급우로 박열, 박헌영이 있다. 보통학교 다닐 때는 소격동 고모댁에서 기숙하고 고등보통학교에 입학하면서는 노량진에서 기차로 통학하다 이듬해부터는 자전거로 통학했다.

1917년(17세) 3월에 왕족인 후작 이해승의 누이이며 2살 연상인 전주 이씨와 결혼했다. 심훈은 나중에 집안 어른들을 설득하여 아내 이씨를 진명학교에 진학시키고 '해영'이라는 이름을 지어주었다. 학교에서 일본인 수학 선생과의 알력으로 시험 때 백지를 제출했다. 이 일로 일 년 유급하게 된다.

1919년(19세) 4학년 때 3·1운동에 적극 참가했다. 3월 5일에 별궁(현 덕수궁) 앞 해명여관 앞에서 일본 헌병대에 체포되었고 서대문 형무소에 투옥되어 11월에 집행유예로 출옥했다. 이 사건으로 학교에서 퇴학을 당했다. 옥중에서 몰래 감옥에서 「어머님께 올리는 글월」의 일부를 써서 어머니에게 보냈다. 감옥에서의 체험을 바탕으로 소설 「찬미가에 싸인 원혼」《신청년》, 1920.08)을 창작했다.

1920년(20세) 흑석동 집과 가회동 장형 우섭의 집에 머물면서 문학 수업을 하고, 선배 이희승에게 한글 맞춤법에 대해 배웠다. 일본 유학을 바랐으나 집안에서 반대하여 중국으로 갔다.

1921년(21세) 북경에서 상해, 남경을 거쳐 항주지강대학에 입학했으나 졸업은 하지 않았다. 중국 체류 기간에 단재 신채호 등의 애국지사들을 만나고 임시정부의 청년들과 교류했다. 이 시기의 경험을 바탕으로 훗날 장편소설 『동방의 애인』(미완), 『불사조』를 창작했다.

1923년(23세) 중국에서 귀국한 후 최승일 등과 신극연구단체인 '극문회'를 조직하고 활동했다. 함께 한 사람은 고한승, 최승일, 김영팔, 안석주 등이었다.

1924년(24세) 〈동아일보〉 학예부 기자로 입사하고 당시 이

신문에 연재되고 있던 번안소설 『미인의 한』의 후반부를 이어서 번안했다.

1925년(25세) 《동아일보》 학예부에서 사회부로 옮겼다. 5월 22일 '철필 구락부' 사건으로 동아일보에서 해임되었다. 이후 조선프롤레타리아동맹(KAPF)에 가담했다. 이 해에 조일제가 번안한 『장한몽』을 영화화할 때 이수일 역의 후반부를 대역했다.

1926년(26세) 근육염으로 8개월 동안 입원했다. 8월에는 문단과 극단의 관계자들과 함께 라디오방송에 적합한 각본 연구 활동을 위하여 '라디오 드라마 연구회'를 조직하여 이듬해까지 활동했다. 11월부터 최초의 영화소설 「탈춤」을 〈동아일보〉에 연재하고 이때부터 필명 '심훈'을 사용했다.

1927년(27세) 2월 중순 일본으로 건너가 경도에 있는 '일활촬영소'에서 무라타 감독의 지도를 받고 5월 8일에 귀국했다. 일본에 있을 때 같은 회사의 영화 〈춘희〉에 엑스트라로 출현하기도 했다. 7월에 나운규, 최승일 등과 함께 '영화인회'를 창립하고 간사를 맡았다. 7월 말부터 10월 초까지 촬영한 영화 〈먼동이 틀 때〉를 10월 26일 단성사에서 개봉했다.

1928년(28세)　〈조선일보〉 기자로 입사했다. 〈먼동이 틀 때〉를 두고 한설야와 영화 예술 논쟁을 벌였다. 11월에는 '영화감상강연회'에서 '영화의 사회적 의의'를 주제로 강연하는 등 영화예술 활동을 적극적으로 했다. 시나리오 〈대경성광상곡〉(미완)을 쓰고 소년영화소설 「기남의 모험」을 〈새벗〉에 연재했다.

1929년(29세)　이 시기에 스무 편 가까운 시를 썼다.

1930년(30세)　소설 「동방의 애인」을 〈조선일보〉에 10월부터 연재했지만 검열에 걸려 2개월 만에 중단했다.

1931년(31세)　〈조선일보〉를 퇴직한 후 경성방송국 조선어 아나운서로 일하다가 3개월 만에 그만두었다. 장편 『불사조』를 〈조선일보〉에 연재했지만 이 소설도 검열에 걸려 연재 중단되었다.

1932년(32세)　서른 살에 재혼한 아내와의 사이에서 장남 재건이 태어났다. 전 해에 낙향한 부모와 장조카가 살고 있는 당진으로 내려가 본가의 사랑채에서 일 년간 기거하며 창작에 몰두했다. 9월에 첫 시집인 『심훈시가집』을 출판하려 했으나 검열로 무산되었다.

1933년(33세) 5월에 당진 본가에서 장편 『영원의 미소』를 탈고하고 〈조선중앙일보〉에 연재하고 8월에 조선중앙일보 학예부장으로 부임했다. 이후 신문사 자매지인 《중앙》 11월 창간호 편집에도 간여했다.

1934년(34세) 1월에 〈조선중앙일보〉 학예부장을 그만두고 장편 『직녀성』을 3월부터 이듬해 2월까지 〈조선중앙일보〉 연재. 소설 원고료로 4월 초에 직접 설계한 '필경사'를 짓고 본가에서 독립했다. 필경사에서 차남 재광이 태어났다. 이 시기에 장조카 심재영을 중심으로 한 부곡리의 '공동경작회' 회원과 어울려 지냈다.

1935년(35세) 1월에 소설집 『영원의 미소』(한성도서주식회사)를 발간했다. 수원에서 농촌계몽사업을 벌이던 최용신 양의 죽음을 기사로 접하고 직접 찾아가 취재하고 소설을 집필하기 시작했다.

〈동아일보〉 창간 15주년 기념 특별 공모에 6월에 탈고한 「상록수」를 응모하여 당선했다. 이 소설은 〈동아일보〉에 9월부터 이듬해 2월까지 연재되었다. 상금 5백 원 가운데 100원을 '상록학원' 설립에 기부했다.

1936년(36세)　소설 『상록수』를 시나리오로 각색하고 영화화할 준비를 마쳤으나 실현되지 못했다. 4월에 3남 재호가 태어났다. 4월부터 펄벅의 『대지』를 번역해서 《사해공론》에 연재하기 시작했다. 8월에 손기정이 베를린 올림픽에서 금메달을 획득한 것에 감격하여 신문 호외 뒷면에 즉흥시 「오오, 조선의 남아여– 마라톤에 우승한 손·남 양군에게」를 썼다. 이것이 심훈의 마지막 글이 되었다. 『상록수』를 출판하는 일로 상경하여 한성도서주식회사 2층에서 기거하다가 장티푸스에 걸렸다. 경성제국대학병원에서 9월 16일 별세했다.

* 상기 연보는 심훈 전집(글누림 출판사)을 근거로 작성되었다.

장편소설 심훈을 전후한 한국사 연표

1894년 동학농민운동. 갑오개혁.

1895년 을미사변. 을미개혁.

1896년 아관 파천. 독립 협회 창립. 독립신문 창간.

1897년 대한 제국 선포.

1899년 광무개혁. 경인선 개통.

1900년 한강 철교 준공.

1901년 한국 상인 최초로 하와이로 건너감.

1902년 우리나라 최초의 현대식 옥내 극장 협률사 건립.

1904년 1월 국외 중립선언.

　　　　2월 일본, 러시아에 선전포고(러일전쟁) 한일의정서 조인.

　　　　8월 제1차 한일 협약 조인.

1905년 2월 일본, 독도를 강탈해 죽도라고 개칭.

　　　　6월 용산에 철도 공장 설립.

　　　　11월 17일 제2차 한일협상조약(을사늑약) 조인.

　　　　11월 20일 〈황성신문〉 주필 장지연, 논설 「시일

야방성대곡」게재. 각지에서 의병 항쟁 발발.

12월 통감부 초대 총장에 이토 히로부미 임명.

1906년　7월 이인직, 신소설 『혈의 누』를 〈만세보〉에 연재.

10월 최초로 기념우표 발행.

11월 최초로 전국 호구 실지 조사.

12월 주시경, 『대한 국어 문법』 간행.

1907년　4월 고종 특사 이상설·이준, 헤이그 만국 평화 회의 참석차 출국.

7월 고종 황제 강제 퇴위.

8월 조선 군대 해산.

1908년　8월 일본, 동양척식주식회사 법령 반포.

11월 최초의 신극인 이인직 작 「은세계」를 원각사에서 공연.

12월 동양척식주식회사 설립.

1909년　7월 사법 및 감옥 관련 사무를 일본 정부에 위탁하는 각서 조인, 조선은행 조례 반포.

10월 26일 안중근, 이토 히로부미 저격.

1910년　2월 우리나라 최초의 상설 영화관인 경성고등예술관 설립.

8월 22일 한일합방조약 강제 체결.

8월 23일 토지조사법 반포.

1911년 3월 일본, 공장법(최초의 노동 입법) 공포.

8월 제1차 조선교육령 공포(한국인 교육 방침 규정. 일본어

보급과 일본화 촉진)

10월 조선교육령에 따라 성균관, 관립 한성사법

학교, 관립 한성외국어학교 폐지.

11월 우리나라 최초의 방직회사 경성방직 창립.

105인 사건.

1912년 호남선 개통. 토지조사령 실시.

일본, 모든 관리에게 무관 복장 착용 지시.

우리나라 최초의 희곡, 조일재의 「병자 삼인」

〈매일신보〉 연재.

1913년 조일재 「장한몽」 신문 연재.

안창호 등, 흥사단 설립.

1914년 단성사 신축. 근대 문학의 기틀이 된 잡지,《청

춘》,《학지광》 창간.

1915년 윤상태 서상일 등, 비밀결사 조선국권회복단 조직.

박은식 신규식 이상설 중국 상해에서 독립운동

단체 신한혁명당 결성. 대동단결선언.

조선총독부, 사립학교에 일본 국가 부를 것을 지시.

대한광복군 조직.

1916년　박중빈, 전북 익산에서 원불교 창시.

경복궁 터에 총독부 청사 기공.

대종교 교조 나철, 구월산에서 일제 폭정을 규탄하는 유서 남기고 자결.

1917년　이광수, 최초의 장편소설 『무정』을 〈매일신보〉에 연재.

1918년　독립지사 39인, 「대한 독립 선언서」(일제 강점기 최초의 독립 선언서) 발표.

여운형, 파리강화회의와 미국 대통령에게 보낼 한국 독립 청원 건의서를 김규식에게 전달.

일본, 토지조사사업 완료.

1919년　1월 고종, 덕수궁에서 사망.

2월 재일 유학생 조선청년독립단 명의로 2.8 독립 선언서 발표. 최팔용 등 유학생 60명 체포. 지하신문 〈조선독립신문〉 간행.

3월 1일 민족대표 33인, 태화관에서 독립선언서 낭독. 시민들 탑골 공원에서 독립선언서 낭독 후 만세 시위.

4월 상해 프랑스 조계에서 민족운동 지도자 29
인, 임시의정원 열고 57조의 의정원법 채택, 내
각 조직. 대한민국 임시 정부 수립을 국내외에
선포.

일본군, 제암리 교회에서 주민 감금 학살.

5월 김규식, 파리 강화회의에 독립 청원서 제출.

9월 조선총독부, 문화정책 공포.

10월 최초의 한국 영화, 〈의리적 구투〉 단성사에
서 상영.

1920년　동아일보 조선일보 창간. 조선 장발령 제정 공포.

조선총독부, 한국 화폐 유통 금지.

6월 홍범도 부대 봉오동에서 일본군과 결투(봉오동
전투).

10월 북로군정서 김좌진, 이범석 부대 청산리에
서 일본군과 결전(청산리 전투).

11월 조선교육령 개정(보통 학교의 교과에 일본 역사와 지리
를 포함시키고 한국 역사와 지리 과목 폐지).

시 동인지 《폐허》 창간.

1923년　관동대지진.

방정환 윤극영 동경에서 색동회 조직.

우리나라 최초의 극영화 「월하의 맹서」 개봉.

의열단 '조선혁명선언' 발표. 형평사 설립.

1924년　조선노동총동맹 창립. 영화제작사 조선키네마주

식회사 설립.

김동인 주요한 김소월 등, 문예지 《영대》 창간.

우리나라 최초의 신문만화 「멍텅구리」, 연재 시작.

체신국, 최초로 실험 방송 실시.

1925년　조선공산당 창당. 일본 치안유지법 공포.

신의주에서 박헌영, 임원근 피검(제1차 공산당 사건).

박영희, 김기진 등 조선프롤레타리아예술가동맹

(KAPF) 결성.

1926년　4월 순종 사망. 6월 6.10만세운동.

한용운, 『님의 침묵』 간행.

나운규 감독 극본 주연, 영화 〈아리랑〉 상영.

조선어연구회, 농촌에서 문맹 타파 운동 전개.

12월 김구, 임시정부 국무령에 취임.

이병기 이은상 등, 시조 부흥 운동 전개.

1927년　신석우 등 신간회 발기. 여운홍 등 농촌 개발과

문맹 퇴치를 위해 조선농민사 설립.

신간회 자매단체 근우회 창립.

조선어연구회, 《한글》 창간. 최남선 정인보 이윤 재 등, 조선어 사전 편찬 착수.

1928년　홍명희, 장편소설 『임꺽정』을 〈조선일보〉에 연 재. 최초의 영화잡지 《문예영화》 창간.

1929년　〈조선일보〉, 문자보급운동 전개.

11월 광주학생항일운동.

(1930년까지 194개 학교 5만 4천 명 학생 참가 투옥 580명 무기정학

2천3백 명)

1930년　이동녕 김구 등 한국독립당 창립.

한용운, 항일비밀결사인 만당 조직.

정지용 박용철 김영랑 《시문학》 창간

1931년　〈동아일보〉, 브나로드운동 전개. 신간회 해체.

카프 1차 검거. 임시정부, 한인애국단 조직.

염상섭, 〈조선일보〉에 장편소설 『삼대』 발표. 이 상, 〈조선중앙일보〉에 시 「오감도」 발표. 신채호, 『조선 상고사』 간행.

1932년　1월 이봉창 의거.

4월 윤봉길 의사 의거. 일본, 만주국 승인.

1933년　조선어 학회, 한글 맞춤법 통일안 발표.

이효석 정지용 등 구인회 조직.

일본 미쓰이 재벌, 조선맥주주식회사 설립.

이기영, 장편소설 『고향』을 〈조선일보〉에 연재.

1934년 카프 2차 검거.

1935년 카프 해체. 심훈의 『상록수』〈동아일보〉 창간 15
주년 현상 소설에 당선됨.

우리나라 최초의 발성 영화, 「춘향전」 단성사에
서 개봉.

김구 이동녕 이시영 등 중국 항주에서 한국국민
당 조직.

소련 극동 연해주의 한인들 카자흐스탄으로 강제
이주.

1936년 〈동아일보〉, 손기정 베를린 올림 마라톤 제패 사
진이 일장기를 지우고 개재(일장기 말소 사건).

이 사건으로 〈동아일보〉 무기 정간.

1937년 조선인민혁명군 동부항일연군 제2군 6사, 함남
갑산의 보천보 급습, 일본 주둔군 궤멸(보천보 전투).
고려인, 중앙아시아로 강제 이주. 8월 상해 사변.
난징대학살.

1938년 일본 국가 총동원법 공포. 교원과 관공리 12만
명에게 제복 착용 지시. 조선의용대 창설.

1939년　일본, 군사 교련 필수화. 이광수 등, 조선문인협
　　　　회 결성.
　　　　조선인의 씨명에 관한 건 공포(창씨개명).

1940년　일본, 창씨개명 실시. 〈조선일보〉, 〈동아일보〉
　　　　강제 폐간. 한국광복군 창설.

1941년　《문장》《인문평론》강제 폐간. 일본군 하와이 진
　　　　주만 공습.

1942년　일본, 대동아 공영권 건설 지도 방침.
　　　　최재서 등 친일 문인들, 대동아 문학자 대회 개
　　　　최. 일제 한국어 교육 사용 금지 조치.

1943년　일본, 보국정신대 조직.
　　　　조선문인보국회 결성.
　　　　이광수, 〈매일신보〉에 논설, 「징병제의 감격과
　　　　용의」 발표.
　　　　시인 윤동주 일본 교토에서 사상범으로 체포됨.
　　　　일본, 병역법 개정(45세까지 징집).

1944년　조선총독부, 학도 군사 교육 강화 요강과 학도
　　　　동원 비상조치 요강 발표.
　　　　학도 동원 본부 규정 공포. 여자정신대 근무령
　　　　공포 시행.

여운형, 지하 단체 건국동맹 조직.

1945년　임시정부, 독일에 선전 포고.

일본, 전시 교육령 공포(전 학교에 학도대 조직). 조선국

민의용대 조직 요강 발표.

8월 15일 해방, 조선건국준비위원회 발족(위원장 여

운형, 부위원장 안재홍).

참고 문헌

『심훈 전집』 1권-9권, 글누림, 2019.

권보드래 지음, 『3월 1일의 밤』, 돌베개, 2019.

박경목 지음, 『식민지 근대감옥 서대문형무소』, 도서출판 일빛, 2019.

류달영 지음, 『최용신 소전: 농촌계몽의 선구여성』, 성서조선사, 1939.

심재호 지음, 『심훈을 찾아서』, 도서출판 문화의 힘, 2016.

임창복 지음, 『필경사, 건축가 '심훈'의 꿈을 담은 집』, 효형출판, 2023.

이경손, 「무성영화 시대의 자전」, 《신동아》, 1964년 12월호.

정병준, 『현앨리스와 그의 시대, 역사에 휩쓸려 간 비극의 경계인』, 돌베개, 2015년.

조선희, 『세 여자, 20세기의 봄』, 한겨레출판사, 2022년.

한국영상자료원 www.koreafilm.or.kr

조선 뉴스라이브러리 https://newslibrary.chosun.com

국사편찬위원회 한국사 데이타베이스 db.history.go.k